Un Diamante PARA UN Duque

Serie Canallas Seductores, Libro uno

COLLETTE CAMERON

Blue Rose Romance®
Portland, Oregon

Traducido por Cristina Huelsz®

Dedicatoria

Para todos, para todos aquellos

que han experimentado algún abuso;

Les envío amor, paz, esperanza y sanación.

AGRADECIMIENTOS

Quiero agradecer a las autoras de *Regency Ever After* por invitarme a participar en su … , para el cual *Un diamante para el duque* fue originalmente escrito. Al principio no estaba segura de poder crear una novela de la Regencia basada en un cuento de hadas, ¡pero lo logré!

¡Y fue el inicio de la serie!

Sería negligente si no le diera las gracias a Louisa Cornell por su meticulosa edición y a mis Beta Babes por dedicar fielmente su tiempo a leer y darme su opinión sobre la historia de Jules y Jemmah. También un agradecimiento especial a Kim Killion por haber creado la portada y a Laura Landon por su amable cita en la portada.

¡Ustedes saben que las adoro!

xoxo

INTRODUCCIÓN

Un diamante para un duque se basa libremente en el cuento francés de Charles Perrault de 1697, "Les Fées" o "Las hadas", también conocido como "Sapos y diamantes" o "Diamantes y sapos". Nunca había oído hablar de este cuento hasta que empecé a buscar una fábula inusual en la que pudiera basar una novela corta de la Regencia.

Como en el cuento de Perrault, hay dos hermanas, Adelinda Dament, la mayor -conflictiva, egocéntrica, grosera y que valora todo lo relacionado con la élite social. Metafóricamente hablando, debido a su fealdad interior, sus palabras se manifiestan como víboras y sapos. La madre de las hermanas, Belinda, favorece descaradamente a Adelinda, que se parece a ella en aspecto, actitud y comportamiento.

Jemmah, la hermana menor, es retratada como

más gentil, más amable y como alguien que se preocupa más por la gente que por su estatus. Posee un alma hermosa, y cuando habla, sus palabras brotan como joyas y flores. Ella también es desterrada de su casa, como la hija menor de "Diamantes y sapos".

El hada adopta la forma de dos personajes aguerridos, Faye, la vizcondesa viuda Lockhart, y la vizcondesa Theodora Lockhart. Theodora es la tía de Adelinda y Jemmah, y la madrina de Jules, el sexto duque de Dandridge. Él hace el papel de héroe y tiene su propio némesis que enfrentar en la forma de Phryne Milbourne.

Mi extravagante humor trabajó horas extra cuando seleccioné los nombres de los personajes. Varios de ellos fueron elegidos específicamente por su significado (en inglés):

Adelina – serpiente noble

Belinda – serpiente bella

Charmont – encantador

Dament – diamante

Jasper – quien trae el tesoro

Jemmah – gema

Jules – bueno, suena como joyas

Fare – hada

Phyne – sapo

Una última cosa sobre *Un diamante para un duque…*

En la cultura actual, Belinda sería considerada una madre abusiva; por desgracia, es un tema común y a menudo aceptado en los cuentos de hadas de antaño, al igual que la parcialidad de los padres. La autenticidad de mi cuento requería ambos temas desagradables.

Quiero animar a todos los que han sufrido o están sufriendo abusos a que, al igual que en el cuento de hadas y en mi novela, hay esperanza para ustedes.

La ayuda está disponible en muchas formas.

Por favor... por favor, no esperen ni un día más para buscarla.

CAPÍTULO 1

Abril, 1809

Londres, Inglaterra

Al demonio con el deber.

Al diablo con el molesto ducado también.

Ni la más mínima pizca de remordimiento preocupó a Jules, duque de Dandridge, cuando salió corriendo del baile por los cincuenta años de su madrina, Theodora, la vizcondesa Lockhart, sin despedirse debidamente de la querida dama.

Ella le perdonaría su descortesía; también su temprana partida.

A diferencia de su madre, sus tíos y la mayoría del *beau monde*, Theo lo comprendía.

Para honrarla, él había hecho una rara aparición social e incluso se había presentado a los bailes obligatorios que se esperaban de alguien de su posición. Por pura tenacidad, también había obligado a su boca a curvarse hacia arriba -santo Dios, le dolía la cara por el esfuerzo- y había sufrido las posturas aduladoras de las madres acosadoras de esposos y de su grupo de hijas bonitas y de ojos abiertos, deseosas de atrapar a un duque soltero.

Era digno de mención, considerando que no hacía mucho tiempo, Jules apenas merecía una mirada de soslayo de las mismas mujeres tontas que ahora estaban tan interesadas en conseguir su favor. Su ceño perpetuo podría atribuirse al desinterés de ellas.

¿La peor ofensa de esta noche?

La irritante cuñada de Theo, la señora Dament.

La tenaz mujer había conseguido que su impresionante hija mayor, Adelinda, se pusiera varias veces junto a él, y sólo la íntima relación de los Dament con Theo le había impedido dar media vuelta en la cuarta ocasión en lugar de llevar a madre e hija la ratafía que ellas habían pedido.

No obstante, un diálogo mental bastante grosero acompañó su marcha hacia la mesa de aperitivos.

¿Dónde estaba la otra hija, aquella de carácter dulce, la señorita Jemmah Dament?

¿Torciendo los pulgares en casa otra vez? Pobrecita, amable y descuidada.

De pequeños y adolescentes, Jemmah y él habían sido buenos amigos, debido a sus circunstancias tan difíciles. Pero, como debe ser, habían crecido, y el destino o la suerte habían puesto múltiples obstáculos entre ellos. Él se marchó a la universidad -poco después se comprometió con Annabel- y durante un tiempo, los Dament simplemente desaparecieron de su vista y de la sociedad.

Oh, en ocasiones, Jules había visto a Jemmah por casualidad. Pero ella agachaba su brillante cabeza color miel y desviaba su aguda mirada azul cielo. Casi como si se sintiera incómoda o él la hubiera ofendido de alguna manera.

Sin embargo, después de devanarse los sesos, él no pudo deducir cuál pudiera haber sido su transgresión.

En esos momentos, al recordar su anterior y relajada compañía, su capacidad de hablar con ella de cualquier cosa -o simplemente de permanecer en un silencio compatible-, una extraña punzada palpitaba detrás de sus costillas. No era exactamente arrepentimiento, aunque no sabía cómo etiquetar la inquietante sensación.

Simplemente, él echaba de menos su amistad y su compañía.

Desde que el hermano de Theo, Jasper, había muerto dos años atrás, Jules había visto poco a los Dament.

Según las habladurías, sus circunstancias se habían reducido drásticamente. Pero aun así, la ausencia de Jemmah en las rondas, veladas y otras reuniones de la alta sociedad, a las que solían asistir su madre y su hermana, suscitaba preguntas y cejas levantadas.

Por lo menos, hizo que Jules arquease la ceja y despertase su curiosidad.

Si Jemmah estuviera presente en más asambleas, quizá él se esforzaría más por hacer acto de presencia.

O tal vez no.

No se hacía ilusiones sobre su falta de perspicacia

social. Una deficiencia que no tenía ningún deseo de remediar.

Nunca.

Un trío de damas dobló la esquina y él se metió en un nicho junto a una mesa con un florero encima.

La urna china se tambaleó, y él sujetó la porcelana azul y blanca entre ambas manos, para que no se estrellara contra el suelo y lo dejara al descubierto.

No tenía por qué haberse preocupado.

Tan absortas estaban en sus excitantes cotilleos sobre si Lord Bacon llevaba corsé, que ninguna de las mujeres se percató de su presencia al pasar.

Dándose una palmadita en la espalda por su comportamiento excepcionalmente civilizado durante las dos últimas horas, Jules se permitió una sonrisa de satisfacción y volvió al pasillo. Estuvo a punto de chocar con la anciana suegra de Theo, la vizcondesa viuda Lockhart, que había llegado a la ciudad para el cumpleaños de su nuera.

Un penacho de brillantes plumas negras de avestruz adornaba su pelo, la más alta de las cuales lo pinchó en el ojo.

Campanas del infierno.

—Le ruego que me disculpe, milady.

Con el ojo lloroso, Jules la sujetó por el codo, sosteniéndola antes de que se cayera, como si ella se balanceara.

Ella se rio, con un suave crujido como el de un encaje delicado y viejo, y entrecerró los ojos hacia él, con sus ojos apagados, del color de un té rebajado, chasqueando de alegría.

—¿Se está escapando, Dandridge?

Ave astuta y descarada.

Nada se le escapaba a Faye, la vizcondesa viuda Lockhart.

—Prefiero llamarlo una salida prudente.

Que se vería obligado a abandonar para ayudar a la tambaleante dama a volver a su trono preferido *-em, asiento-* en el salón de baile.

Se había felicitado a sí mismo antes de tiempo, y lo había arruinado.

—Permítame acompañarla, Lady Lockhart.

No se atrevió a insinuar que ella necesitaba su ayuda, o ella le echaría encima su agria lengua, y probablemente su bastón con mango de porcelana.

—Flim flam. No seas un completo idiota. Puede que no tengas otra oportunidad de huir. Vete ya—. Señaló con su bastón el pasillo desierto. —Inventaré alguna tontería para explicar tu desaparición.

—No necesito una justificación.

Más allá de que se aburría hasta los zapatos lustrados, prefería masticar estiércol fresco de caballo que seguir con una conversación inane, y las multitudes lo ponían muy nervioso.

Siempre lo habían hecho.

De ahí sus escasas apariciones.

En los ojos de la viuda brillaba la más pura picardía, mientras se llevaba un dedo huesudo a la barbilla, como si estuviera pensando seriamente en la historia que iba a contar.

—¿Qué excusa debería utilizar? ¿Tal vez un secuestro? *Hmph*. No es creíble—. Sacudió la cabeza, y la pluma de avestruz bailó al unísono. —¿Una fuga? No, no. No sirve para nada. Demasiado aburrido y predecible.

Levantó el dedo hacia el cielo, casi pinchando su otro ojo.

—¡Ah, ja! Tengo justo lo que necesito. Una cita

escandalosa. Con un amor secreto. Oh, sí, eso estará bien.

Una sonrisa decididamente burlona curvó sus finos labios.

Jules vaciló.

Ella tenía razón, por supuesto.

Si no lograba escapar ahora, tal vez no pudiera hacerlo hasta dentro de unas horas. Sin embargo, le remordía la conciencia dejarla sola en el salón de baile. A pesar de su semblante sombrío y su comportamiento brusco, seguía siendo un caballero en primer lugar.

Lady Lockhart sacó su brazo, y luego le clavó la uña puntiaguda en el bíceps.

Con fuerza.

—Vete, he dicho, joven bribón—. Sólo ella se atrevería a llamar bribón a un duque. —Te aseguro que no estoy tan débil como para ser incapaz de recorrer la distancia sin caerme de bruces.

Tal vez no en la cara, pero ¿qué decir del resto de su débil figura?

Sus rasgos crepusculares se suavizaron, y la belleza que había sido una vez se asomó a través de los estragos de la edad. —Fue bueno que vinieras, Dandridge, y sé que significó mucho para Theodora—. El diablillo regresó de lleno, y ella golpeó la punta de su bastón contra su empeine. —Ahora vete.

—Gracias, milady—. Jules le levantó la mano y, tras besarle el dorso, esperó unos instantes para evaluar sus progresos. Si ella forcejeaba lo más mínimo, él dejaría de lado sus planes y desobedecería su orden.

A unos metros del pasillo, ella se detuvo, medio girándose hacia él. Con una ceja plateada y almidonada levantada, le dijo: —Mueve el trasero.

Con un fuerte saludo, Jules obedeció y continuó reflexionando sobre su aventura más exitosa en la sociedad en mucho tiempo.

De alguna manera -múltiples copas de magnífico champán podían haber contribuido a ello-, incluso había conseguido conversar -quizá con menos cortesía que la mayoría de los asistentes, con los jóvenes, los dandis y los decrépitos pasados de moda, cuyos intereses triviales consistían en caballos, las absurdas apuestas en los libros de White y la próxima porción femenina que pudieran probar.

O, en el caso de los más viejos y menos viriles, la desafortunada mujer sometida a sus lujuriosas miradas, ya que las partes más blandas de los viejos solían permanecer así.

Sólo la grata presencia de los dos hombres a los que Jules podía llamar verdaderamente "amigos", Maxwell, duque de Pennington, y Víctor, duque de Sutcliffe, habían hecho la velada, si no agradable, sí indudablemente más interesante con su humor mordaz y su continua letanía de observaciones sarcásticas murmuradas con desgana.

Comparado con esa pareja de mordaces, Jules, famoso por su agudo intelecto y su porte grave, parecía el epítome de la juerga frívola.

Pero, qué diablos, cuando sus tíos, Leopold y Darius -de quienes había derivado su segundo nombre-, lo acorralaron en el salón de cartas y le exigieron saber, por tercera vez en el mes, ¿cuándo cumpliría con su deber ducal...?

Casarse y producir un heredero...

¡Malditos sean sus ojos entrometidos!

El temperamento de Jules, rígidamente controlado, se soltó de sus amarras, y les dijo -siempre con mucha calma, pero también enunciando cada sílaba con mucho cuidado para que la pareja de testarudos con cerebro de tocino no malinterpretara ni una sola palabra —¡váyanse a la mierda y déjenme en paz!

Se había comprometido oficialmente una vez y casi una segunda vez en sus veinticinco años. Nunca más.

¿Nunca?

Bien, tal vez algún día. Pero no con una damisela de la sociedad y no hasta dentro de muchos, muchos años o antes de que él hubiera concluido que el estado del matrimonio fuera necesario y conveniente. Si ese fatídico día no llegaba a suceder, bueno, mejor que sus tíos Charmont se ocuparan de producir herederos varones en lugar de juguetear con actrices y cantantes de ópera.

Al avanzar por el pasillo, Jules esbozó su primera sonrisa genuina desde que se bajó de su carruaje, aparte de la que le dedicó a Theo al llegar. Desde la muerte de su prometida, Annabel, cinco años atrás, Theo era una de las pocas personas por las que sentía algún grado de afecto verdadero.

Debía ser un defecto de carácter, una insuficiencia en su reserva emocional, esta incapacidad para sentir emociones sinceras. En cualquier caso, quería volver a casa lo suficientemente temprano para dar las buenas noches a su sobrina y pupila, Lady Sabrina Remington, como lo había prometido.

Además, hoy habían celebrado su décimo cumpleaños.

Jules disfrutaba mucho de la compañía de Sabrina.

Posiblemente porque podía ser simplemente él mismo, no el Duque de Dandridge, ni un par del reino, ni un miembro de la Cámara de los Lores. Ni una presa para montón de jovencitas ansiosas por casarse, ni un oyente tolerante de las bromas irreverentes de los amigos, ni un sabio consejero de los conocidos con problemas. Ni siquiera un sobrino obediente, un hijo menos favorecido, un ahijado preferido o, en un tiempo, un hermano cariñoso y un prometido totalmente devoto.

Con la anticipación de escapar de la multitud alargando sus zancadas, lanzó una rápida mirada detrás de él, y sus tripas cayeron en picada, con el culo en la barbilla, hasta sus zapatos brillantes.

Rayos y centellas.

¿Quién demonios la invitó *a ella*?

CAPÍTULO 2

El brusco sonido de molestia de Jules resonó en el pasillo.

La señorita Phryne Milbourne, la única otra mujer con la que había considerado casarse -por unas breves horas- lo había descubierto. Dada la mirada decidida de su rostro encantador, ella tenía de nuevo la intención de abordar la retirada de él.

Los cielos de Londres, perpetuamente neblinosos y llenos de hollín, harían llover joyas y flores antes de que él volviera a relacionarse con alguien como aquella arpía, sin importar lo hermosa, de sangre azul o que tan perfectamente adecuada a la posición de duquesa que otros -es decir, madre y los tíos- creyeran que ella podía ser.

Apenas unas horas después de que los tíos y la madre de él se encargaran de plantear una *posible* relación entre la señorita Milbourne y él, algo que ella había difundido con la imprudencia de una granjera que arroja a los pollos las sobras de la mesa, Jules había observado su verdadero carácter, por pura casualidad.

Y gracias a Dios, que él lo había hecho, o ella bien podría ser su duquesa ahora.

La idea le fastidió las dos raciones de crème brûlée que se había comido durante el almuerzo.

A decir verdad, le habría sido difícil decidir qué le molestaba más: la insensibilidad de la señorita Milbourne o su promiscuidad. O tal vez, su incesante, casi obsesiva, persecución hacia él era lo que le molestaba mucho más que unas botas tres tallas más pequeñas. En cualquier caso, no tenía ni el tiempo ni las ganas de discutir el tema con ella esta noche.

O nunca, en realidad.

Familiarizado con la arquitectura de la mansión, se metió por la puerta más cercana y entró en un elegante salón sin luz situado entre dos juegos de puertas dobles adornadas. Puertas que le proporcionaban otra ruta, menos obvia, para salir de la casa a través de un pasillo adyacente.

Acostumbrado a la oscuridad de la habitación, tanteó a ciegas hasta encontrar lo que buscaba. Con el más mínimo rasguño de metal, hizo girar la llave y se rio suavemente, aunque tal vez con cierta maldad, para sí mismo.

Realmente era un inadaptado social, y el hecho de que le gustara esa peculiaridad lo hacía aún más.

Callado, abrupto, desagradable, sombrío, reticente, taciturno, reservado...

Sabía muy bien lo que los demás pensaban de él y, en su mayoría, sus descripciones eran acertadas. Lo que no sabían era por qué.

Jemmah Dament lo sabía.

Como niños tímidos y olvidados, se habían refugiado en la compañía el uno del otro y también se habían susurrado sus miedos secretos.

Resultaba extraño que dos veces en cuestión de minutos Jemmah hubiera aparecido en su mente. Debió ser el encuentro con su molesta familia lo que provocó la doble intromisión.

Unos pasos femeninos acompañados de una pisada más pesada y desigual resonaron en el suelo de parqué de Arenberg del pasillo cuando la señorita Milbourne se acercó.

—Estoy segura de haber visto a Dandridge hace un momento, papá—. Una pizca de petulancia aderezó sus palabras. —Sigue evitándome, aunque le he explicado repetidamente que entendió mal lo que creyó ver y oír.

Al diablo que lo hice.

El brazo de Keaton había estado metido hasta el codo dentro de su corpiño, y su lengua a mitad de esa distancia en su garganta también.

Mucho peor, en opinión de Jules, era el trato de la señorita Milbourne hacia la dulce y lisiada Sabrina. El comportamiento vulgar era repugnante, pero la crueldad con una desafortunada, lo era doblemente.

Intolerable e imperdonable en la opinión de Jules.

En ese momento, él se lo había dicho a la señorita Milbourne y que era mejor que ella dejara de pensar en una relación entre ellos. Con su ira elevada, pudo haber sugerido que daría la bienvenida a los tigres hambrientos de chartreuse en la mesa del comedor con más entusiasmo que continuar su relación.

—Pues, el terco hombre se atrevió a devolver la nota perfumada que le envié la semana pasada, papá. Y sin abrir, el muy obstinado infeliz —se quejaba ella mientras sus pasos adquirían un claro ritmo de zapateo.

—¿Cuántas veces debo disculparme antes de que Dandridge me perdone?

—Tut, querida. Ojalá me dejaras demandar al bribón por romper el compromiso —resopló Milbourne, con jadeantes estertores que amenazaban con desprender las obras de arte expuestas sobre el revestimiento de caoba del pasillo.

Si los deseos fueran comida, los mendigos comerían pastel, viejo amigo.

Tendría que haber habido una propuesta real y un acuerdo formal, incluyendo un contrato firmado.

No era una mera sugerencia de paso, a la que la señorita Milbourne se aferró como una lapa a la roca.

En los dos últimos años, la joven había llevado a su padre a una terriblemente alegre persecución, fijando su atención y dejando de lado a un par del reino tras otro, cada uno de ellos de mayor rango y con las arcas más llenas que el anterior. Eso le pasaba a él y a la difunta señora Milbourne por haberla llamado Phryne en honor a una cortesana griega.

Un asunto muy estrafalario, ese.

¿En qué pudieron haber estado pensando?

Respirando con dificultad, Milbourne refunfuñó desde lo que debía ser directamente afuera de la puerta:
—Le vendría bien al arrogante cachorro que le bajaran los humos. Tendría suerte de tenerte a ti, mi niña, lo haría. Puedo mover algunos hilos...

—¡No, papá! Eso sólo enojaría más a Dandridge. Hay que hacerle entrar en razón. Estoy segura de que entrará en razón con el tiempo. Sus tíos y su excelencia son fácilmente manipulables, y me quieren a su lado. No me negarán mi ducado por un malentendido remilgado. Me mantendré fiel a él hasta que se produzca un heredero. Tal vez incluso uno de repuesto. Seguramente, él debe saber eso.

Qué amable.

El pomo de la puerta sonó, acelerando el pulso de Jules.

Un resoplido poco femenino atravesó la madera de nogal.

—Cerrado. Supongo que Lady Lockhart, la pretenciosa gata, teme que los invitados escapen con sus vulgares rarezas.

Jules respiró prolongadamente, agradecido. Al descubrir los vicios de la señorita Milbourne desde el principio, se había ahorrado toda una vida de miseria.

—Papá, ¿viste la expresión de ella cuando entramos con los Wakefield esta noche? Parecía que había tragado agujas recién afiladas—. La risa despectiva de la señorita Milbourne se desvaneció mientras ella y su padre exploraban el resto del pasillo.

Jules permaneció quieto, escuchando cómo las puertas se abrían y cerraban con un chasquido mientras ellos husmeaban en una habitación tras otra en búsqueda de él.

Y aquí él se ocultaba, como un niño errante, con su humor poniéndose cada vez más sombrío. Sin embargo, lo último que merecía Theo en la celebración de su cumpleaños era un feo enfrentamiento. De ahí su decisión, sin duda, de no echar a los Milbourne cuando aparecieron sin invitación siguiendo los pasos de los Wakefield.

¡Cáspita! Jules detestaba a los manipuladores.

La señorita Milbourne, una belleza deslumbrante - un diamante de primera según los estándares de la alta sociedad-, era inteligente, talentosa, versada en política, una anfitriona amable y popular entre la sociedad. En resumen, poseía todas las cualidades triviales que mamá y los tíos consideraban necesarias para ser la próxima duquesa de Dandridge, y que tenían tanto valor e importancia para Jules como un clavo o un granito pernicioso en el trasero.

Naturalmente, su madre aprobaría a la señorita Milbourne.

Después de todo, ella estaba cortada de la misma tela calculadora y mercenaria.

Platón tenía razón, por Dios. Lo que se parece se atrae.

A Jules no le importaba mucho quién fuera la próxima duquesa. O, para el caso, si había otra mientras él viviera. Joven y enamorado, se había atrevido a apostar por el amor una vez, y cuando Annabel -siempre menuda y frágil- murió de influenza un mes antes de su boda, su capacidad de amar debió de haber quedado enterrada con ella. Porque ningún sentimiento más fuerte que una cálida mirada o el afecto volvió a conmoverlo.

Excepto en lo que se refería a Sabrina.

Y hacía mucho, mucho tiempo, a la señorita Jemmah Dament también.

Contemplar la posibilidad de emparejarse con la señorita Milbourne no tenía nada que ver con el afecto y sí con el beneficio del ducado. El tonto había sido él por no haber escuchado las contundentes advertencias de Theo contra una idea tan descabellada.

Jules era capaz de encontrar un diamante de su propia elección, muchas gracias.

Uno cuya multifacética belleza interior brillara mucho más que el exquisito aspecto exterior de la señorita Milbourne.

Sacudiendo la cabeza, se frotó la frente contra la leve punzada que le golpeaba y echó un vistazo al lujoso salón. Las cortinas descorridas permitían que la luz de la luna se colara por las ventanas engalanadas con brocados de oro y esmeralda y arrojara un brillo plateado e iridiscente sobre los muebles dorados y tallados. Una música apagada se filtraba en la apacible habitación mientras el reloj de la repisa de la chimenea de Sevres daba perezosamente las diez en punto.

Más le valía darse prisa o Sabrina pensaría que había decidido quedarse más tiempo en el baile y se retiraría a dormir. A ella sólo se le había permitido quedarse despierta hasta tan tarde porque había dormido obedientemente la siesta de la tarde. Decepcionar a la niña después de haber soportado tanta tragedia en su corta vida era impensable.

Jules no hacía promesas que no pensaba cumplir.

¿Debía abrir la puerta antes de marcharse por la otra?

No. Los sirvientes de Theo se encargarían del asunto.

Realmente ella debería considerar la posibilidad de asegurar las habitaciones no utilizadas cuando tenía un evento, especialmente con gente como la señorita Milbourne merodeando.

Mencionaría el tema la próxima vez que viera a su madrina.

Pasando entre los numerosos muebles en la penumbra de la luna, se golpeó la espinilla contra el sofá. El dolor se extendió desde la pantorrilla hasta la rodilla, maldijo suavemente y se inclinó para frotar la extremidad ofendida.

—Maldita sea. ¿Debe Theo cambiar constantemente los muebles? Dos malditas veces desde diciembre.

Un grito de sorpresa, rápidamente sofocado, le hizo levantarse de golpe, golpeándose el hombro esta vez.

Maldita sea.

—¿Quién está ahí?

El silencio respondió a su pregunta. ¿Se había topado con una cita de amantes? ¿Un ladrón? ¿Un sirviente caprichoso o un invitado curioso? Se tocó el hombro palpitante, presionando las yemas contra el dolor.

—Muéstrese de inmediato.

Silencio.

Recorriendo con los dedos el respaldo del sofá, localizó la mesa del mismo.

Aparte de la respiración superficial, el culpable se mantuvo en silencio.

Entrecerrando los ojos, él distinguió una forma de color claro recostada sobre los cojines de rayas azules y plateadas. Una mujer, y por todos los elefantes en estampida de África, él apostaba sus botones de plata, y los dos nuevos moretones que seguramente lucía, él sabía quién yacía allí.

Como una cuerda que se desenrolla lentamente, la tensión se desvaneció de sus tirantes músculos.

Él tanteó un poco hasta que encontró el yesquero de plata grabado junto al candelabro, y momentos después, una vela de cera cobró vida.

—Hola, Su Excelencia.

La señorita Jemmah Dament, con los labios rosados curvados hacia arriba en una pequeña sonrisa de boca cerrada y el rostro aún ablandado por el sueño, parpadeó soñolienta.

Hola, en efecto. Adorable gatita dormilona.

Él levantó la vela, contemplando su esbelta figura, su delicioso trasero apoyado en el sofá, con una mano que seguía acunando su mejilla. La sorpresa y la conciencia carnal, placentera e inesperada, recorrieron un camino ondulante de un hombro al otro.

La sencilla y torpe alondra se había transformado en una elegante paloma. Una que rivalizaba -no, superaba con creces- el atractivo de su hermana.

—Bueno, hola a usted también, señorita Jemmah Dament.

Como si fuera la cosa más natural del mundo encontrarse durmiendo la siesta durante un baile en casa de su tía, y luego ser despertada por un hombre que se tropezaba con su cama improvisada, ella se sentó y se quitó un rizo rebelde de la frente.

Jules se dispuso a encender las otras tres velas. Su resplandor reveló unos llamativos ojos almendrados de color azul pálido, bordeados de pestañas oscuras, y un cabello despeinado entre el caramelo intenso y el caramelo claro.

¿No la había visto de cerca en...?

¿Cuánto tiempo había pasado?

Ladeando la cabeza, buscó en los archivos de su mente.

Al menos desde el verano pasado.

Sí, aquella tarde de agosto, en Hyde Park, cuando ella había pasado vestida con una parodia de conjunto de paseo. Una especie de color gris verdoso a medio camino entre el pescado podrido y el moho del pan.

Bostezando delicadamente detrás de una mano delgada, ella alisó su sencillo vestido de marfil con la otra.

Salvo un fajín de color marrón amarillento bajo sus pechos, la prenda carecía de cualquier adorno. El lazo no le sentaba bien a su colorido y, aunque no podía afirmar que fuera un experto en ropa femenina, el vestido parecía más bien deslucido para un evento tan grande.

¿Otro de los desechos de Adelinda?

Jules inclinó la cabeza mientras cerraba el yesquero.

Él no recordaba haber visto nunca a Jemmah con algo nuevo. Sin embargo, su hermana siempre aparecía perfumada y enjoyada, ataviada a la última moda. Un favoritismo tan descarado no era infrecuente entre la élite, ni chocaba tanto como horrorizaba.

Él también era el hijo menos favorecido de su madre, pero por todos los nudos de velas de Inglaterra, si alguna vez tenía hijos -en un futuro muy lejano- no conocerían la clase de rechazo y dolor que él y Jemmah habían experimentado a causa de la parcialidad de sus padres.

Amaría y trataría a sus hijos por igual, como debería hacer cualquier padre bueno y decente.

—Ah, Su Excelencia, se sorprende de verme, creo.

Más que tímida o seductora, su sonrisa y sus cejas aladas indicaban genuina diversión. Sus vivaces ojos chispeaban con conocimiento secreto, ella lo recorrió con la mirada, el pleno resplandor de su sonrisa hizo que algo espinoso se arraigara en su pecho y ronroneara por sus venas.

—Lo estoy, pero de forma agradable. Su aparición en estas farsas es aún más rara que la mía, señorita Dament.

La suya por elección, pero ¿qué pasa con Jemmah?

¿Quería ella asistir y le estaba prohibido?

—Estoy aquí por insistencia de la tía Theo. Mamá no pudo darle excusas esta vez. Pero me temo que incluso yo tengo demasiado orgullo para que me vean con un vestido de mañana de hace tres temporadas. Además —levantó un hombro blanco como la leche, e inclinado mientras jugueteaba con la borla de un cojín

—no sé bailar, y esto es un baile después de todo.

No había autocompasión ni resentimiento en sus palabras, sólo una revelación sincera.

Jules había olvidado lo refrescantemente directa que ella era.

Sin embargo, ¿cómo se había pasado por alto una parte tan importante de su educación?

¿Lo sabía Theo?

Probablemente, ya que ella había mencionado que había intentado intervenir en favor de Jemmah muchas veces. Para consternación de Theo, la señora Dament rechazó todas las ofertas que beneficiaban a Jemmah, pero cuando se trataba de Adelinda...

Eso era un asunto completamente diferente. Para esa codiciosa, no se escatimaba nada.

La lástima por Jemmah lo envolvió.

Ella se desenvolvió, ya que no había otra forma de describir la elegancia suave y felina con la que se puso de pie, y después de deslizar las puntas de sus medias, evidentemente remendadas, en unas simples zapatillas negras demasiado grandes, y de recoger sus guantes, hizo una ligera reverencia.

—Por favor, discúlpeme, Su Excelencia.

—Espera, Jem—. Eso era demasiado atrevido. Dirigirse a ella por su nombre de pila, pero ella había sido Jem y él Jules durante más de una década antes de que sus caminos se hubieran separado.

Ella dudó, su bonita mirada de ojos azules sondeando la de él.

Un rápido vistazo a la chimenea le confirmó que podría disponer de uno o dos minutos más. Le había dicho a Sabrina que llegaría a casa antes de las diez y media. Era extraño que se alegrara tanto de ver a Jemmah. Pero eran viejos amigos, y como tales, una vez juntos de nuevo, era como si nunca hubieran estado separados.

Al fin y al cabo, él la conocía desde que, siendo una diablilla con unos ojos demasiado grandes para su delgada cara y un cabello salvaje y de color amarillo pajizo, había intentado esconderse debajo de la misma mesa que él cuando Lord Lockhart, el padrino de él, había fallecido.

Se habían visto de forma intermitente a lo largo de

los años, pero rara vez se movían en los mismos círculos sociales. El padre de ella había muerto -de un ataque al corazón en brazos de su amante, si los oscuros rumores eran ciertos- un año antes de que el hermano mayor de Jules y su cuñada murieran en el accidente de carruaje que incapacitó a Sabrina.

Jules y Jemmah tenían mucho en común.

Ambos habían conocido el dolor y la pérdida, habían soportado el desprecio de una madre indiferente y habían vivido a la sombra de un hijo mayor adorado. Pero descubrirla aislada aquí, cohibida por su vestido poco elegante y con rastros de lágrimas saladas y secas en sus mejillas cremosas, despertó los mismos instintos de protección que él tenía por su sobrina.

Lo que sientes por Jemmah no es en absoluto paternal.

Sensaciones y sentimientos adormecidos desde hacía mucho tiempo -tanto que creía que habían muerto- levantaron lentamente, y siempre con cautela, sus cabezas inclinadas para asomarse.

Jules se acercó a la parte delantera del sofá y le

ofreció una sonrisa comprensiva.

Ella debió darse cuenta de su especulación, porque se dio la vuelta y se limpió la cara, borrando la evidencia de su desdicha.

—Debo irme. Me echarán de menos.

No. No lo harán.

Aparte de, tal vez, por Theo.

Él dudaba que su madre o su hermana le hubieran dedicado un solo pensamiento en toda la noche. Probablemente habían olvidado que ella las acompañaba, tan insignificante era para ellas.

Ese extraño espasmo detrás de su esternón volvió a pulsar.

La pálida mirada azul celeste de Jemmah -no podía encontrar nada con qué comparar ese tono tan delicado y a la vez tan llamativo- captó la suya, y ella capturó su regordete labio inferior entre los dientes antes de cambiar su atención hacia los cojines del sofá con volantes.

Los hombros de la mujer se levantaron cuando respiró profundamente y alzó la barbilla, mientras que algo parecido a un desafío enfatizaba los delicados ángulos y curvas de su rostro. La luz que había vislumbrado antes en sus ojos se convirtió en una melancolía resignada. Cuando habló, una especie de cansancio y desesperación atormentaba ensombreció sus suaves palabras.

—Nadie, Su Excelencia, aprecia ser objeto de la compasión de otro.

Capítulo 3

Ante la franqueza de Jemmah, los profundos ojos ámbar de Dandridge se abrieron un poco, seguidos inmediatamente por un brillo contemplativo. Él probablemente no estaba acostumbrado a tanta franqueza, pero en su limitada experiencia, el artificio rara vez terminaba bien.

"Di lo que quieres decir y predica lo que dices" había defendido siempre papá. "Habla con sinceridad, mi preciosa Jem. Pero templa tus palabras con amabilidad y gentileza para que sean diamantes, no sapos. Uno es bienvenido, incluso apreciado. El otro es detestado y a menudo temido.

Dios, cómo echaba ella de menos la sonrisa jovial de su padre, su cabello y su ropa perpetuamente desarreglados, y sus tiernos besos en la coronilla. Echaba de menos los cuentos de hadas que le contaba mientras ella se sentaba en sus rodillas. *Sapos y diamantes*, *La bella durmiente*, *Caperucita roja* y tantos otros.

Las lágrimas le escocían detrás de los párpados, pero las apartó con decisión. Debía seguir siendo fuerte. Pero a veces, cuando la humillación y la vergüenza la golpeaban, era muy difícil. Y se sentía muy cansada y desanimada a pesar del aspecto alegre que presentaba.

Se le escapó un suspiro.

¡Bah!

Suficiente con revolcarse en la autocompasión. Poco prudente y sin sentido.

Tal vez recordar el consejo de papá no había sido el mejor ejemplo para reforzar su valor, sobre todo porque él había muerto en la cama de su amante.

La mayoría de las madres habrían ocultado a sus hijos ese detalle de mal gusto, pero mamá utilizaba esa fealdad para mancillar regular y viciosamente el carácter de papá ante sus hijas.

Ante Jemmah en particular.

No había que pensar demasiado para entender por qué él había buscado el consuelo de otra mujer. No es que Jemmah excusara su infidelidad, pero tampoco podía negar que él había sido desgraciado durante la mayor parte de su vida.

Ella también lo había sido, y anhelaba el día en que finalmente, de alguna manera, pudiera escapar y conocer la alegría y la paz, no el ridículo y la crítica constantes.

Con sus emociones una vez más bajo control, retornó a la aguda evaluación de Dandridge, decidida a demostrar su falta de cobardía y que no era una criatura débil y patética que merecía su lástima o simpatía, ni la de nadie.

¿Y bien? ¿No tenía nada que decir?

El alfiler de corbata con corona de laurel que adornaba su pañuelo níveo le hizo un guiño con descaro y, como si él hubiera escuchado su desafío silencioso, con un brillo inidentificable que arrugaba las esquinas de sus ojos, los bordes de su fuerte boca se movieron hacia arriba.

Ella se había arriesgado a expresar sus pensamientos más íntimos, ¿y el apuesto bribón se reía de ella?

El disgusto recorrió un camino espinoso desde su pecho hasta el nacimiento del cabello, dejando sin duda una cinta de manchas feas y rubicundas. Su rubor no estaba acompañado de un suave resplandor de color rosado, sino que feas manchas moteaban su piel, pareciéndose mucho a una quemadura de sol o a un grave sarpullido.

Papá había atribuido la tendencia a su herencia irlandesa.

Si eso era cierto, ¿por qué Adelinda, con su pelo cobrizo, no sufría esa afección?

Jemmah sabía muy bien por qué.

Porque en eso, como en todo lo demás, Adelinda se parecía a mamá.

El espejo de Jemmah revelaba a diario, y de forma objetiva, que su coloración clara y sus rasgos poco llamativos palidecían en comparación con el aspecto extravagante de su madre y su hermana, con su abundante cabello pelirrojo y sus ojos oscuros y exóticos. Tampoco poseía sus temperamentos exaltados ni sus constituciones delicadas. Todo lo cual, según mamá, debía poseer una dama para convertirse en una favorita de la *alta sociedad.*

Como si a Jemmah le importara un comino toda esa tontería.

La gente era mucho más importante que los títulos o las posiciones.

Su aspecto más bien ordinario, su salud robusta y su carácter bondadoso eran más adecuados para el ganado dócil o las ovejas, y como tal, a menudo servían para irritar y decepcionar a su madre.

De hecho, cuántas veces, desde la muerte de papá, mamá le había amonestado -con su voz ártica y condenatoria: —Te pareces y te comportas igual que tu padre, Jemmah. Apenas puedo soportar verte. Algún día también nos deshonrarás. Espera y verás.

No lo haré.

Si alguien traía más vergüenza a los Dament, sería Adelinda. Se había vuelto tan atrevida en sus encuentros clandestinos, que seguro que alguien se toparía con ella y con alguno de sus numerosos e inadecuados pretendientes.

Naturalmente, mamá no sabía nada del disoluto comportamiento de Adelinda.

Tras intentar abordar el tema una vez, mamá acusó a Jemmah de envidiar a su hermana. Entonces confinó a Jemmah en su habitación con sólo gachas y caldo durante dos días, y a partir de entonces Jemmah resolvió mantener su propio criterio sobre el asunto.

Adelinda podría sufrir las consecuencias de sus precipitadas decisiones, que, como la lluvia en Inglaterra, harían caer la vergüenza y la censura sobre todas sus cabezas.

Jemmah miró a Jules por debajo de sus pestañas. Una sonrisa parcial aún curvaba su boca.

Ella sabía muy bien lo patética que parecía ante los demás. Pero ver el sentimiento de compañerismo grabado en los nobles rasgos del rostro de él y brillando en sus cálidos ojos color miel... Bueno, por las gachas frías y grumosas, la injusticia de ello subió a su apretada garganta, ahogándola.

Y su condenada lengua -el innoble órgano- consideró oportuno ignorar incluso una pizca de sentido común. Su boca se había abierto por sí sola, escupiendo sus pensamientos más íntimos. Pensamientos que se cuidaba de mantener enterrados en los nichos más remotos de su mente, incluso de sí misma a veces.

Sin embargo, la compasión era lo último que Jemmah deseaba de alguien, especialmente del Sexto Duque de Dandridge, y que él también la encontrara como objeto de diversión, la punzaba ardientemente y con ferocidad.

Rico y poderoso, muy codiciado, y absurdamente guapo para su propio bien -el de ella también- hizo que la burla de su antiguo amigo fuera aún más insoportable.

Él inclinó la cabeza, y los tonos más pálidos de su cabello rubio miel captaron la luz de las velas. Tocándose la nuca, la mirada de él se desplazó desde su cabello desordenado hasta sus zapatillas demasiado grandes, y ella quiso fundirse en el suelo o meterse debajo de la mesa lateral y esconderse como había hecho tantas veces de niña.

—No hace falta que me mire. Soy perfectamente consciente de mis deficiencias, Su Excelencia.

¿No se las habían impuesto casi a diario durante años?

Cuando él no contestó, sino que continuó mirándola con esa expresión divertida, curiosa y confusa, su temperamento, pocas veces irritado, decidió llamar la atención.

—Usted, Su Excelencia, está siendo grosero.

Con las cejas fruncidas en tres surcos distintos, él finalmente desvió su astuta mirada para contemplar la luna a través de la ventana y su usual porte reservado descendió.

Que el diablo se llevara su lengua suelta. Ella lo había ofendido.

¿Por qué, por todo el té de Inglaterra, acababa de insultar a un duque?

Y no a un duque cualquiera, sino al querido ahijado de la tía Theo, un hombre más hijo de ella que de su propia madre. Su tía, la única persona que en la memoria de Jemmah, además de papá, que le había mostrado algo de compasión o amabilidad, no estaría contenta.

No olvides lo amable que Jules -su excelencia- solía ser contigo también.

La tía Theo siempre había admirado la agradable

disposición de Jemmah, y a ésta le habría costado explicar por qué él la había irritado hasta la insolencia.

Debió de ser una ira inducida por la humillación, provocada porque él había sentido pena por ella.

Dandridge, un par del reino endiabladamente guapo, de maravilloso olor, ataviado a la última moda, la miraba con esos ojos oscurecidos y entrecerrados y sus labios torcidos hacia abajo, como si ella fuera un patético caso de caridad o una trabajadora de un asilo.

Él, por quien ella había albergado una secreta *atracción* desde la primera vez que se unió a ella bajo la seguridad de un mantel de encaje, hacía casi quince años, cuando ella era un diablillo de cinco años, y él un robusto y maduro muchacho de diez.

Más tonta ella. Pero sus sueños, por muy triviales o tontos o inalcanzables que fueran, eran suyos para entretenerse y atesorarlos, y nadie podía quitárselos. Si una no tenía sueños, algo que esperar, entonces el tedio y la monotonía de la vida cotidiana, las duras críticas de mamá y la búsqueda de defectos, podrían robarle todos los vestigios de su alegría.

Puede que Jemmah no tuviera mucho en cuanto a

apariencias o posesiones, pero tenía un remanente de orgullo y un puñado de recuerdos maravillosos. Sin embargo, darse cuenta de que Jules la compadecía...

Bueno, su propia alma palpitaba de indignación y mortificación, tan inoportunas como excrementos de alimañas en el pastel de semillas o llagas de viruela rezumbando en su cara.

Al menos esta vez él se había visto obligado a reconocerla, a diferencia de la media docena de otros encuentros en los últimos dos años.

En cada uno de esos encuentros, él la había ignorado como si no existiera o fuera algo tan poco visible como la corteza de un árbol, una nube de peltre en un cielo grisáceo, o la mancha de una huella dactilar en una ventana.

Presente, pero invisible para todos.

Una descripción exacta de la vida de Jemmah, a decir verdad.

Eso también le dolía, porque cada vez que él entraba en una habitación, se cruzaba con ella en la calle, trotaba con su magnífica montura de ébano por Rotten Row, ella se fijaba en él enseguida, observándolo discretamente a través de las pestañas bajadas, con un semblante cuidadosamente insulso.

Ella conocía su lugar. Sabía que estaba por debajo de él.

Pero contemplar su sombría belleza y recordar lo infinitamente atento que siempre había sido con ella.

¿Qué daño podía haber en eso?

Eran como un diamante y un trozo de carbón.

Él, el primero; ella, el segundo.

El pulido resplandor y el brillo de la gema, su innata e intrincada belleza, llamaban la atención sin proponérselo, mientras que el mugriento combustible sólo se notaba y se necesitaba si la habitación o la estufa se enfriaban.

Hablando de frío, el salón se había vuelto bastante fresco, y Jemmah se frotó los brazos desnudos.

¿Cuánto tiempo había dormido?

Examinó el reloj en la repisa de la chimenea.

¿Sólo dos horas?

Seguramente había pasado más tiempo.

Había necesitado del descanso después de quedarse despierta hasta las cuatro y cuarto de la mañana terminando el vestido de Adelinda. Pero ahora, realmente debía irse. Aunque mamá y Adelinda no se hubieran preguntado dónde se había metido, la tía Theo podría hacerlo.

—Por favor, perdone mi descortesía, Su Excelencia. Le aseguro que no es típica. No dormí mucho anoche, y encuentro este tipo de asambleas agotadoras, incluso en las mejores circunstancias.

Vestida con ropa de desecho, sin estar preparada para bailar con ningún grado de habilidad y consciente de que carecía de la gracia y la belleza de su hermana, los eventos sociales resultaban insoportables.

Dandridge no respondió, y para cubrir el incómodo silencio, Jemmah se agachó y ordenó los cojines que había desordenado. Satisfecha de que la habitación parecía igual que cuando entró y de que había hecho todo lo posible para disculparse por su malhumorado comportamiento, giró hacia la puerta.

Ansiosa por escapar, esperaba encontrar otro recoveco en el que merodear hasta que mamá considerara que había llegado el momento de marcharse.

Probablemente dentro de unas horas.

—¿Le gustaría bailar?

Su suave petición la detuvo a mitad de camino, y con la mandíbula floja, lanzó una mirada de "¿habla en serio o se burla de mí?" por encima del hombro.

Él extendió la mano y el movimiento tensó su traje negro sobre unos hombros seductoramente anchos y un bíceps redondeado. El anillo de oro que llevaba en el dedo meñique brillaba, al igual que el gemelo de cabeza de león que llevaba en la muñeca.

Su sonrisa insoportablemente tierna hizo que la sangre de Jemmah corriera por sus venas como un té endulzado con miel -rico, cálido y fuerte-, incluso mientras otra sensación se incrustaba detrás de sus costillas, cavando lentamente su camino más profundo, y peligrosamente más profundo aún.

Dandridge era peligroso para su tranquilidad.

Peligroso para la vida a la que ella se había resignado.

Mirando fijamente las profundidades insondables de sus ojos, Jemmah trató de calibrar su sinceridad y sus motivos.

—Un baile, señorita Jemmah. Nunca he tenido el honor de ser su pareja.

¿Más lástima dirigida a ella, o un obsequio genuinamente amable, aunque algo irregular?

Quizá ella fuera capaz de bailar una danza campestre inglesa con razonable delicadeza, pero ¿un cotillón o una cuadrilla?

Totalmente imposible.

—Su Excelencia, ya le he dicho que no sé cómo.

Más vergüenza quemó sus mejillas - probablemente rojas como cerezas aplastadas- pero no rompió el contacto visual.

No había habido fondos para que tanto ella como Adelinda aprendieran. Aunque Jemmah había rogado que se le permitiera ver la instrucción de su hermana, mamá le negó incluso eso. Había empezado a espiar por la ventana del salón hasta que su madre la pilló un día.

Desde entonces, Jemmah había estado confinada en su habitación durante las clases de baile, como en el cuento de la Cenicienta, salvo que en su situación no había una madrastra malvada.

Tampoco había un hada madrina que la rescatara o un príncipe que la conquistara.

Simplemente la propia madre de Jemmah, altiva y orgullosa, que no tenía ningún reparo en manifestar su parcialidad por Adelinda. ¿Y por qué no iba a preferir a la hija que era prácticamente un espejo de sí misma, en lugar de la descendencia que se parecía a su detestado e infiel esposo?

—Yo te enseñaré—. Dandridge se adelantó y le agarró ligeramente la mano.

Ella había olvidado ponerse los guantes, pero él no pareció darse cuenta de sus dedos desgastados por el trabajo, y Jemmah se negó a acomplejarse por ellos. Al menos no ahora. Más tarde podría examinar la piel seca y enrojecida, las cutículas ásperas, las uñas demasiado cortas, y su cara se encendería de disgusto.

—Realmente no debería. Voy a pisotear los dedos de sus pies.

Pero ella bailaría, por estar en los brazos de Jules, aunque fuera por unos minutos robados, valía la pena la segura desaprobación de mamá y los indudables celos de Adelinda, así como la consiguiente incomodidad si se enteraban. La experiencia, grabada en la memoria, valía incluso el riesgo de escándalo.

Eso no importaba.

Jemmah se fundió en su abrazo y colocó la mano sobre su firme hombro, los músculos ondulando bajo las yemas de sus dedos.

Su sonrisa masculina, amplia y encantadora, dejaba al descubierto unos dientes blancos y rectos, y encendía de alegría cada plano de su rostro robusto. Pocas veces lo había visto sonreír con felicidad sincera, y la transformación de su rostro, le robó temporalmente el aliento a Jemmah.

Consiguió reanimar sus pulmones y preguntar:
—¿Qué vamos a bailar?

—Escucha—. Jules inclinó su cabeza leonada, con el cabello del color del trigo maduro al atardecer.

Los acordes del cuarteto de cuerda flotaban desde el salón de baile. La gloriosa música, encantadora e irresistible, casi de cuento de hadas, apartó las pocas barreras que le quedaban a ella y que se estaban desmoronando.

—Es un vals—. Jules le puso una amplia palma de

la mano en la columna vertebral -*oh, pasteles de miga, qué absoluta delicia*- y le sujetó la mano con la otra.

—Sólo sigue mi ejemplo, Jem.

Un vals era de lo más atrevido y difícilmente aceptable en los círculos adecuados, lo que probablemente era la razón por la que la tía Theo permitía el baile. A ella también le gustaba superar los límites de la aceptabilidad, una de las cosas que Jemmah adoraba de su audaz tía.

Jules demostró ser una pareja hábil, y en pocos momentos, Jemmah había captado los sencillos pasos y el ritmo de uno-dos-tres.

Demasiado consciente del amplio pecho a escasos centímetros de su cara, hurgó por algo que decir. —Tuve el privilegio de conocer a su encantadora sobrina, Lady Sabrina, en Green Park el mes pasado.

—Saliendo a su paseo diario con su institutriz, sin duda. A Sabrina le gusta dibujar el paisaje. Ella ha pedido tomar lecciones—. La palma de su mano presionó la columna vertebral de Jemmah, haciendo que sus nervios se agitaran. —He querido preguntarle a Theo si podría recomendar a alguien.

—A mí también me gusta dibujar. Papá me enseñó.

El pulgar de él rozó el pliegue de sus costillas, y un escalofrío -al menos eso fue lo que ella pensó que era la sensación de mantequilla derretida- recorrió sus caderas. Se reprendió mentalmente y recuperó la compostura.

—No soy talentosa ni mucho menos, pero soy bastante hábil y estaría encantada de enseñarle lo que sé.

—Creo que a ella le gustaría.

Jules atrajo a Jemmah hasta que sus muslos rozaron los de ella, y su mano en la espalda le provocó el más tentador escalofrío en la columna vertebral: pequeños temblores que enviaron deliciosas y cálidas chispas que se arremolinaron lentamente hacia fuera, hasta que todo su cuerpo cobró vida con la sensación de hormigueo.

—He echado de menos nuestra amistad, te he echado de menos, Jemmah. No me había dado cuenta de cuánto hasta este momento.

—Yo también te he echado de menos.

Y lo había hecho.

De manera insoportable.

Sobre todo desde que murió papá y no tenía a nadie que le sirviera de amortiguador entre la dureza de mamá y la crueldad de Adelinda.

Era una pequeña maravilla que Jemmah no se hubiera amargado o que no hubiera llegado a odiar y resentir a su madre y a su hermana. Más que nada, la conducta de ellas la entristecía.

¿Cómo podían tratar a alguien, pero sobre todo a un miembro de la familia, con tanta maldad?

El olor de Jules, fresco, ligeramente almizclado, quizás incluso con una sugerencia de clavo, la rodeaba.

Estaba tan cerca de él que, incluso a la tenue luz de las velas, podía ver la tenue sombra de su barba a lo largo de su mandíbula, y cuando su mirada se encontró con la de él, ligeramente desconcertada, unos ojos topacio ardientes la miraron.

Su mirada se hundió en la boca de ella, y las peculiares sensaciones de antes volvieron a surgir.

Sólo que más fuertes, más insistentes.

La música se desvaneció en el fondo mientras él bajaba la cabeza, y luego aún más, hasta que su boca -

oh, su encantadora, cálida, suave pero firme boca- rozó la de ella.

En ese instante, Jemmah estuvo perdida, de forma total, irreversible y sin reservas.

Se puso de puntillas, rodeó con sus brazos el robusto cuello de Jules y lo besó con el abandono de una mujer desesperada que aprovecha su primera y única oportunidad de besar al hombre que ha amado durante años.

Él gimió en lo más profundo de su garganta, con un sonido primitivo y animal, y aún más excitante por su bajeza. Con la lengua, él recorrió la brecha entre los labios de ella, provocando que abriera la boca, y las sensaciones más intensas recorrieron cada fibra de su ser.

Sus lenguas bailaron juntas, acoplándose en una cadencia ancestral, mientras miles de rayos de luna se encendían detrás de sus ojos.

—Jemmah, mi dulce y preciosa Jem —murmuró él contra su cuello, con una voz gruesa y ronca, cuyo sonido le producía deliciosos temblores en los dedos de los pies. —Dime que puedo visitarte mañana.

—¡Dandridge!

Los insistentes arañazos en la puerta cerrada hicieron que Jemmah se alejara de él.

—Sé que estás ahí —una voz femenina casi siseó. —Debemos hablar. Esta no es forma de tratar a la próxima Duquesa de Dandridge.

CAPÍTULO 4

¿La siguiente duquesa?

Pero ¿cómo podía ser?

Jemmah se llevó las yemas de los dedos a su palpitante boca y se apartó de Jules.

Todavía podía saborearlo en su lengua, sentir sus poderosos brazos rodeándola, percibir todavía su varonil aroma en sus fosas nasales. Qué gloriosos habían sido sus besos. Y más tonta ella, por haberlo permitido, pues ahora ansiaba más.

La intuición le decía que nunca, nunca tendría suficiente de él.

—Dandridge. Contéstame.

Se escucharon rasguños en la puerta.

—He visto a esa tonta de Dament batiendo sus rechonchas pestañas hacia ti. La duquesa y tus tíos no lo aprobarán. No sé cómo los Dament son permitidos en los círculos respetables. Huelen a clase baja.

La mirada abrasadora que Jules dirigió a la voz detrás de la puerta habría encendido la madera mojada.

—Ella habla demasiado, y no me importan sus opiniones —murmuró él, apenas por encima de un susurro.

Santo cielo, mamá se pondría furiosa si se enteraba de que Jules había besado a Jemmah. Y ella le había devuelto el beso. Y había sido la más maravillosa de las cosas. Y ella lo volvería a hacer sin reparos ni remordimientos.

Y que tontería, *dejaría* que él la visitara.

Lo haría.

Bueno, le sugeriría que se reuniera con ella aquí para tomar el té. No se atrevía a arriesgar más.

Pero, si él realmente iba a casarse con la señorita Milbourne...

No, algo le apestaba hasta el cielo, aunque ella no supiera exactamente lo que era, como la vez en que una criatura de algún tipo había muerto en la pared de su alcoba del ático.

Ningún hombre que hubiera mostrado tanto honor,

incluso cuando era un niño reservado, se convertía en un patán sin escrúpulos. Jules era fiel a su impresionante carácter.

Ella apostaría por ello. Si tuviera algo de valor para apostar.

Lo menos que ella podía hacer era escuchar la explicación de él, sobre todo porque la tía Theo había compartido alegremente -en realidad aplaudía y soltaba risitas, y la tía Theo no soltaba risitas- que él había rechazado una unión con la señorita Milbourne, a pesar del furor que eso causaba en su familia.

En realidad, el hecho de que él estuviera disponible era la única razón por la que mamá había accedido a venir esta noche, y había mantenido a Jemmah despierta hasta altas horas de la madrugada cosiendo, con la esperanza de que Adelinda estuviera delante de las narices de Jules para llamar su atención.

¿Y cómo podía él no notar la belleza exterior de Adelinda?

Sin embargo, su belleza enmascaraba a una mujer totalmente diferente en su interior, y Jemmah debía de saberlo. La mayoría de las veces era la destinataria de la calculada falta de amabilidad de su hermana.

No obstante, nada disuadiría a mamá de asegurar que Adelinda lograra un compromiso brillante antes de que terminara la temporada, y el querido Jules tenía una diana gigante en su ancha espalda en la que ellas habían puesto su mirada confabuladora.

Jemmah debería advertirle, pero seguramente un hombre de su posición era consciente de que el Mercado Matrimonial lo consideraba ganado de primera. Una analogía algo degradante, pero no obstante precisa en su crudeza.

Con su perfil aristocrático aún inclinado hacia la criatura que arañaba la puerta, Jemmah se permitió un examen pausado. Desde sus relucientes zapatos hasta sus pulcramente recortadas patillas, varios tonos más oscuros que su pelo, él emanaba pura belleza masculina.

Cierto es que su nariz podía ser un poco demasiado prominente y su frente y su barbilla un poco demasiado atrevidas para ser consideradas clásicamente atractivas, pero su rostro era fuerte, honorable y digno de confianza.

Razón de más para no permitir que mamá o Adelinda clavaran sus garras en él.

Jemmah no podía.

Él se merecía a alguien tan amable y atento como él.

No una joven egoísta y vanidosa a la que él no le importaba nada y que -Jemmah no albergaba la menor duda- lo haría sentirse desgraciado.

Por muy desagradable que fuera, la señorita Milbourne era preferible a Adelinda.

A Jemmah se le revolvió el estómago de forma nauseabunda y tragó saliva. Qué idea tan repugnante, más bien como comer un pudín mohoso y lleno de gusanos.

Adelinda y la señorita Milbourne no lo merecían a él, y de alguna manera, quizás por instinto, o porque Jemmah había amado a Jules durante tanto tiempo -no recordaba cuándo no lo había hecho, a decir verdad- simplemente sabía que ninguna de las dos mujeres lo haría feliz.

Su Annabel Bright podría haberlo hecho, ya que la única vez que Jemmah la conoció le pareció gentil y amable.

Aquel horrible e inolvidable día en que su corazón se había roto en pedazos como cáscaras de huevo pisoteadas, cuando Jemmah se enteró de que Jules iba a casarse con aquella jovencita tan perfecta, tan delicada y tan exquisita.

Y cuando Annabel murió, Jemmah lloró, con grandes sollozos en la almohada por la noche, lloró por la devastación y el dolor de Jules.

No podía imaginarse llorando así si la señorita Milbourne, o incluso Adelinda, hubiera sido la que muriera, y Jemmah hizo una mueca de disgusto por su inusual despecho.

Gracias a Dios, que ella supiera, la invitación de la tía Theo al té no incluía a la señorita Milbourne, y como mamá apenas toleraba a su cuñada, la mayoría de las veces ella también rechazaba las invitaciones.

Adelinda rara vez se levantaba antes del mediodía y no tenía más interés en tomar el té con su tía que en limpiar las rejillas o los orinales.

A diferencia de Jemmah, ella nunca había hecho nada de eso.

No pudo evitar observar que los sentimientos de

su tía hacia mamá parecían bastante mutuos. De hecho, Jemmah había sospechado durante años, pero sobre todo desde la muerte de papá, que la cordialidad de su tía Theo y sus continuos ofrecimientos de hospitalidad eran en beneficio de Jemmah.

Eso, y también para que mamá no pusiera fin a las visitas de Jemmah.

Lo cual era tan improbable como que mamá favoreciera de repente a Jemmah.

También sabía muy bien que la tía Theo pagaba a mamá una asignación mensual destinada a cubrir las necesidades de las niñas.

Jemmah nunca vio nada de eso, ni un chelín.

De hecho, cuando ella había pedido unas medias nuevas para esta noche, había recibido una sonora bofetada por su impertinencia. El roce de las medias remendadas con los dedos de los pies, así como su tierna mejilla, fueron otras de las razones por las que buscó refugio en el salón de la tía Theo.

Con toda seguridad, los dedos de Jemmah tendrían ampollas por la mañana.

Algunas semanas, el té con la tía Theo y los

ánimos de su tía eran lo único que evitaba que Jemmah se revolcara en la autocompasión o tuviera un ataque de melancolía.

Tratada apenas mejor en casa que la criada de los Dament, Mary Pimble, Jemmah atesoraba el tiempo en casa de la tía Theo. Eran las únicas horas libres de insultos o exigencias de que realizara alguna tarea para mamá o Adelinda.

—Dandridge—. La voz se elevó a un chillido irritado en la última sílaba.

Tap, tap, tappety-tap.

—¡Abre esta puerta!

TAP

—Debo insistir.

La señorita Milbourne podría ser admirada por su persistencia.

Si no estuviera al borde de la locura.

Jemmah bajó la cabeza en dirección a la entrada, y su voz, un mero vestigio de sonido, preguntó:

—¿Tienes un acuerdo con ella?

No fue necesario preguntar quién era ella, ya que la señorita Milbourne seguía siseando y arañando como un gato salvaje encerrado en un barril de whisky.

—Rotundamente no. La señorita Milbourne se ha convencido de que voy a ceder a la preferencia de mi madre y mis tíos, pero está muy equivocada—. Jules tomó la mano de Jemmah, con suavidad pero con la suficiente firmeza como para que ella no pudiera apartarse sin cierto esfuerzo. Con el dedo índice de la otra mano, le trazó la mandíbula. —Lo que he dicho va en serio, querida. Por favor, permíteme que te visite mañana. Te he echado de menos más de lo que puedo decir.

—Su Excelencia...

—¿Podrías dirigirte a mí como Jules, o Dandridge si lo prefieres, cuando estemos solos? ¿Por favor?

Él torció la boca de forma infantil, y ella no pudo resistirse a responder con una inclinación de los labios.

Siempre había sido así. Ella era arcilla, suave y maleable, en sus manos.

—Preciosa, Jemmah, ¿quizás prefieras un paseo por Hyde Park mañana?

Cielos y truenos, no.

Nunca funcionaría que Jules presentara sus

respetos estando en casa de ella, y era probable que también un paseo fuera reportado. A mamá no le importaría encerrar a Jemmah en su habitación para asegurarse de que Adelinda recibiera toda su atención.

Menos mal que él no estaba tan embobado como la mayoría de los hombres por la exquisitez de su hermana.

Cuando Adelinda se casara por fin -pues era seguro que su belleza atraería a algún desafortunado-, ¿cuánto tiempo pasaría antes de que sus enfurruñamientos y su vil lengua oscurecieran su hechizante belleza y el pobre imbécil se arrepintiera de su elección?

Sin embargo, Jemmah no podía negar la tentadora petición de Jules, como tampoco podía ignorar la imposibilidad de que él la visitara.

Los rasguños y el frenético susurro en la puerta habían cesado por fin, pero su alarma aumentó.

No debía ser encontrada aquí a solas con él.

No podía saber lo que haría mamá.

Jemmah lanzó una mirada ansiosa hacia las otras puertas.

—Es imposible. Mamá no permitirá que me visites. Ella esperaba que Adelinda atrajera tu atención, y se pondrá furiosa si muestras algún interés por mí.

—Sí, de eso me he dado cuenta, esta misma noche. Sin embargo, Adelinda no es la hermana Dament que me fascina. Siempre he preferido a la que tiene vetas doradas y ámbar en el cabello y ojos de un azul tan pálido que me pierdo en su color cada vez que los miro—. Le pasó el pulgar por el labio inferior. —Y tiene la boca más tentadora, suave, dulce como la miel, con unos labios que no puedo esperar a probar de nuevo.

Él pasó su boca por la de ella.

Tierno, fugaz, una promesa silenciosa.

Por sus venas corría la alegría y quizás el mínimo triunfo de que él la prefiriera a ella -la simple y anodina Jemmah- antes que a la exquisitez de Adelinda. Una alegre melodía de celebración. Y por primera vez en todos los tiempos más vertiginosos, una chispa de esperanza se encendió en lo más profundo de su espíritu.

Por una vez, creyó en las afirmaciones de papá de que ella era encantadora a su manera, y en que algún día encontraría al hombre que la miraría con ojos llenos de amor y la encontraría hermosa.

—¿Sabes cuál es el lema de los Dandridge, Jemmah?

Ella negó con la cabeza. —No.

—En la adversidad, la fe—. Jules volvió a acercar sus labios a los de ella. —Encontraré la manera, si tú quieres.

El estómago se le revolvió de nuevo, y el aire abandonó sus pulmones en un soplo agitado.

Sentía cómo su corazón latía cuando él la miraba así, como si fuera la más preciosa de las joyas, su mirada reverente, pero también ligeramente entrecerrada, aunque la lógica gritaba "No", su corazón desesperado susurraba "Sí".

Sí. Sí. Sí.

Si esta era su oportunidad de ser feliz, por breve o inverosímil que fuera, ella muy bien -*sí, malditamente bien*- tenía toda la intención de aprovecharla. —Mi tía me ha invitado a tomar el té mañana.

La comprensión apareció en el rostro de Jules, que esbozó otra pequeña sonrisa victoriosa.

—Ah, creo que Theo también me mencionó algo de esa naturaleza. Me parece que estoy bastante disponible a esa hora.

Él levantó la mano de Jemmah, y en lugar de rozar con sus labios sus nudillos desnudos, la giró y le rozó la muñeca.

Una sacudida se disparó a su hombro mientras sus rodillas, cosas inútiles , decidían convertirse en papilla.

—Lo esperaré con ansias. Ahora, si me disculpas -apagó todas las velas menos una-, le prometí a Sabrina que estaría en casa para arroparla esta noche. También es su cumpleaños. El segundo desde que murieron sus padres, pero en el primero no sabíamos si se recuperaría del accidente de carruaje. No quiero que se duerma sin darle las buenas noches.

Un torrente de emociones burbujeó en el pecho de Jemmah de tal manera que las lágrimas le nublaron la vista mientras se ponía los guantes, tratando de ignorar las partes deshilachadas en las puntas de los dedos.

—Ella es muy afortunada de tener un tío tan devoto. ¿Le desearías también un feliz día de mi parte?

—Sí, lo haré, y si se me permite el atrevimiento,

¿podría decirle que le darás clases de dibujo? —La dirigió hacia el otro par de puertas. —Naturalmente, me acercaré a tu madre y le explicaré que me gustaría retenerte.

Mamá aceptaría cualquier ganancia, pensando que le correspondía, y seguiría esperando que Jemmah hiciera todas sus tareas habituales.

—Sinceramente, Dandridge, creo que sería mejor que le diera lecciones a Sabrina cuando yo venga a tomar el té. Y por favor, permite que sea mi regalo para ella. Tengo una invitación permanente con la tía Theo los lunes y los jueves. Podría usar un día para las lecciones, así no se despertarán las sospechas de mamá.

Con la cabeza ligeramente inclinada, él lo consideró. —Muy bien.

—Tía Theo normalmente sólo me envía el carruaje cuando hace mal tiempo, pero le explicaré nuestro plan esta noche y le pediré que lo envíe todos los días de té. Así tendré más tiempo para instruir a Lady Sabrina.

—Podemos discutir esos detalles mañana. Hasta entonces, mi preciosa Jem—. Le tomó los hombros con ambas manos, e inclinándose, le besó la frente con tal reverencia, que ella casi podía creer que él se preocupaba por ella tanto como ella por él. —Vete. Esperaré un tiempo respetable y luego tomaré otra ruta hacia la entrada de la mansión.

Ella asintió. —De acuerdo.

—¿Y Jemmah?

—¿Sí?

Un mechón de su cabello había caído sobre su frente, y con la calidez que irradiaban sus ojos color coñac, se parecía mucho al joven del que ella se había enamorado.

—Tu madre puede alborotarse todo lo que quiera, pero una vez que me propongo algo, rara vez se me disuade. Tengo la intención de cortejarte.

CAPÍTULO 5

Incapaz de hablar, con el corazón rebosante de felicidad, Jemmah asintió de nuevo y abandonó el salón. Todavía podía saborear y sentir la boca de Jules en la suya, y un extraño calor palpitaba en su muñeca como si estuviera marcada por sus labios.

Mirando hacia abajo, casi esperaba ver la huella de su boca allí.

Unos instantes después, tras controlar su exuberante sonrisa, se adentró en el salón de baile, pasando tan desapercibida como una mosca en el techo. Nadie le prestó atención mientras se movía entre los invitados, dirigiéndose al asiento vacío junto a la viuda Lady Lockhart.

Las tontas piernas de Jemmah aún no habían recuperado su fuerza normal después de los besos de Jules, que derretían sus huesos, y sintiéndose ligeramente desequilibrada, reclamó el asiento con gratitud.

Su señoría le dedicó una sonrisa radiante. —¿Dónde has estado, niña? Te he visto llegar y esperaba poder tener una charla amistosa contigo. Hace tiempo que no charlamos y siempre le alegras el día a esta anciana con tu ingenio e inteligencia.

—Qué amable es usted al decirlo, milady. Yo también disfruto de su compañía. La tía me ha dicho que ahora tiene un gato.

Por el rabillo del ojo, Jemmah vio a la señorita Milbourne merodeando por el perímetro de la pista de baile, con un medio mohín en los labios mientras su mirada enfadada recorría el salón. Estos se estrecharon por un instante al ver a Adelinda bailando con el altísimo duque de Sutcliffe, de cabello negro.

La señorita Milbourne no encontraría lo que buscaba.

Él ya se había marchado.

—En efecto, sí —afirmó Lady Lockhart. —Una pequeña y adorable gatita calico, a la que llamé Callie. Me pareció un nombre muy inteligente.

La atención de la señorita Milbourne pasó por encima de Jemmah sin detenerse, de la misma manera que una desprecia a una planta o a un mueble.

Después de todo, ¿quién sospecharía que la anodina señorita Jemmah Dament acababa de pasar los veinte minutos más maravillosos en el abrazo del distinguido y tan seductor duque de Dandridge, el mismo hombre que la belleza de Milbourne quería para sí misma.

Esta confianza poco habitual hizo que Jemmah cuadrara los hombros y elevara la barbilla. Nunca se había sentido más atractiva o digna que en ese momento, y tenía que agradecer a Jules por su nueva seguridad en sí misma.

La viuda golpeó suavemente el antebrazo de Jemmah con su abanico. —Estás pálida como un lirio, pero tus mejillas están brillantes. ¿Te sientes bien?

—Sí, milady. Estoy bastante bien—. Muy bien, en efecto. Mejor de lo que había estado en mucho tiempo. —Confieso que me quedé dormida en el salón, lo que puede contribuir a mi aspecto sonrojado.

No tanto como los besos encantadores del duque.

—Tu madre ha desfilado por aquí tres veces buscándote. Un dobladillo rasgado o alguna tontería así. ¿No sabe cómo arreglar una simple rotura? No sé por qué ella o tu hermana no pueden ocuparse de la tarea.

La desaprobación apretó la boca de la viuda por un instante.

Jemmah estaba acostumbrada a los llamados urgentes a todas horas del día y de la noche para cualquier necesidad insignificante que pudieran tener mamá o Adelinda.

Hacía dos meses, había caminado seis kilómetros bajo una lluvia torrencial para comprar hilo de bordar azul barbel para mamá; no azul celeste ni cerúleo, había insistido su madre, sino barbel.

—Esto es azul mazurino, Jemmah —la había regañado mamá cuando Jemmah volvió a casa empapada y temblando. —Por suerte para ti, decidí que el lavanda quedaba mejor, si no, te darías la vuelta y me traerías el color que necesito.

No importó el prodigioso resfriado que contrajo Jemmah como resultado de su empapada caminata, que la dejó estornudando y con la nariz y los ojos enrojecidos durante toda una semana.

En otra ocasión, se había despertado a altas horas de la madrugada cuando su hermana no podía dormir y consideraba que una taza de chocolate caliente era la cura perfecta para el insomnio.

Jemmah se había dedicado obedientemente a la laboriosa tarea de preparar la bebida, sólo para encontrar a Adelinda durmiendo profundamente cuando le trajo la tetera y la taza necesarias.

Acurrucada en el asiento de la ventana, con una colcha hecha jirones sobre los hombros mientras contemplaba las estrellas que parpadeaban entre las nubes iluminadas por la luna sobre los tejados, Jemmah se había bebido hasta la última gota.

Un placer poco común, sin duda.

Ah, y no podía olvidar el mes pasado, cuando la familia había sido invitada a la velada de los Silverton.

Jemmah no pudo asistir, por supuesto.

Después de todo, desde la muerte de papá, se habían visto obligadas a economizar y, naturalmente, sólo había fondos para un vestido renovado.

Para la hija mayor.

Siempre la maldita hija mayor.

Esa era la excusa para casi todo de lo que Jemmah se veía privada.

No obstante, vistió y peinó a Adelinda obedientemente, e incluso permitió -por orden de mamá para que dejara de ser una hermana tan egoísta- que tomara prestados los mejores guantes de Jemmah y los delicados pendientes de perlas que papá le había regalado por su decimosexto cumpleaños.

Adelinda había extraviado los guantes y perdió un pendiente.

Mientras Jemmah luchaba contra las lágrimas amargas, Adelinda había hecho un mohín. —Sabes que no debes prestarme tus cosas. Siempre las pierdo, Germ.

Germ (germen), el odiado apodo con el que Adelinda insistía en llamar a Jemmah.

Mamá lo consideraba pintoresco y divertido, una muestra de afecto fraternal.

Tonterías y patrañas. Astuto y mezquino describía mejor el apodo.

Sin embargo, la única vez que Jemmah se atrevió a llamar a Adelinda "Adder" (víbora) -un apodo apropiado, ya que Adelinda significaba serpiente noble-, mamá la había reñido durante treinta minutos antes de mandarla a la cama sin cenar.

Era un pequeño consuelo saber que Jemmah significaba gema preciosa mientras que el nombre de su hermana significaba criatura fría, escurridiza y vil.

El nombre de mamá, Belinda, significaba serpiente hermosa, y probablemente por eso le molestaba tanto que Jemmah llamara a Adelinda Adder.

Una risa ronca llenó el aire.

—¿De verdad te has quedado dormida, querida? Mientras todas esas jóvenes están tratando de conseguir un marido, tú estás durmiendo en el salón de Theo. Por todos los bollos de Canterbury, te admiro. En realidad, lo hago.

—No hay necesidad de admiración, se lo aseguro. Simplemente no llegué a la cama hasta casi las cinco de esta mañana—. Jemmah pasó su lengua por el labio inferior y buscó un lacayo. —La verdad es que tengo bastante sed.

La viuda se rio amablemente. —¿Dices que a las cinco? *Hmph.*

Ella hizo un sonido brusco de desaprobación.

—Apuesto a que estar despierta toda la noche no fue tu elección—. Abrió la boca y la cerró. —A mí también me vendría bien un vaso de ponche, querida. ¿Podrías hacer el favor a una anciana y traerme un vaso?

—*¿Ponche?*

Jemmah trató de ocultar su sorpresa. Las damas no bebían esa bebida alcohólica. —¿Seguro que no prefiere una ratafía?

—Demasiado azucarada—. La viuda negó con la cabeza, y las plumas de avestruz de su elegante cofia se movieron en señal de acuerdo.

—¿Limonada? ¿O quizás un champán helado? —ofreció Jemmah, esperanzada. Más bien frenéticamente, a decir verdad.

—Creo que no. Demasiado insípido. Al igual que los hombres, prefiero algo con un poco -en realidad, mucho- más vigor y potencia.

Sin dar crédito a sus oídos, y tratando de contener el calor que subía por sus mejillas, Jemmah lo intentó por última vez.

—¿Té? ¿Vino?

Señor, no podía acercarse a la mesa y coger un vaso de ponche. Las lenguas se agitarían más rápido que las banderas en un huracán.

Ladeando la cabeza, el humor luchando con la paciencia en su mirada, la viuda se rio. —Mi querida señorita Dament, ¿realmente cree que ninguna de las damas presentes esta noche bebe alcohol?

No públicamente.

—Mira allí, al lado de Lord Beetle Brows—. Con su bastón, la viuda Lady Lockhart señaló a una orgullosa dama.

Lord Dunston tiene las cejas bastante pobladas.

—¿Ves a Lady Clutterbuck?

¿Cómo iba a no verla con ese vestido de color amarillo pálido?

—Se desplaza regularmente con su grueso trasero y toma un sorbo de la petaca que tiene escondida en su retícula.

Jemmah se mordió el interior de la mejilla para no reírse.

—Por allí —la viuda giró su bastón hacia una regia

dama, que personificaba la elegancia de la alta sociedad. —Lady Dreary...

—Creo que esa es Lady Drury...

—*Hmph*. Es tan lúgubre y fría como la niebla congelada en una tumba. Pero eso no viene al caso. Su señoría es muy inteligente: guarda whisky en su vinagreta en lugar de amoníaco o sales aromáticas.

¿Cómo -por todas las sales del mundo- era posible que Jemmah hubiera olvidado los... erm... singulares calificativos que la astuta viuda atribuía a los demás? A veces ella explicaba el verdadero significado de un nombre, pero otras, como acababa de demostrar, era un divertido juego de palabras.

Un destello especulativo entró en los ojos aguados de color topacio de su señoría. —Incluso Lady Wimpleton, a la que admiro mucho, acostumbra a tomar un sorbo de vez en cuando.

Jemmah se rio y levantó las manos en señal de derrota. —Usted gana, milady. Volveré pronto. Ruego que mi madre no me vea.

Aunque todavía no había concebido cómo iba a conseguirlo sin que mamá se enterara o sin que alguna otra dama entrometida decidiera que era su deber castigar a Jemmah.

—Puedo tratar con Belinda lo suficientemente bien, querida. Eres amable al seguir la idiosincrasia de una anciana.

Cuando Jemmah se acercó a la mesa, un lacayo que cargaba una bandeja con vasos de ponche llenos le dedicó un saludo cortés. —Buenas noches, señorita Jemmah. Mary me ha dicho que iba a asistir al baile de su tía.

—Frazer Pimble, ¿verdad?

Aquí estaba la respuesta de Jemmah a su dilema. Muy providencial encontrarse al hermano de su criada.

—Sí—. Él asintió una vez, con una sonrisa amable que enfatizaba la franja de pecas en su nariz y mejillas.

—¿Puedo abusar de tus servicios? —Cuando él asintió, Jemmah se inclinó hacia el lado oeste del salón de baile. —¿Ves a esa encantadora dama de dorado y negro, con el arreglo de plumas negras de avestruz en el pelo? ¿La que lleva un bastón y mira en nuestra dirección?

—Sí, señorita.

—Ella desea un vaso de ponche, y no me atrevo a llevárselo—. Jemmah se inclinó un poco más cerca y murmuró: —¿Te imaginas el cotilleo? ¿Serías tan amable de poner una porción en una taza de té para ella?

Frazer echó una rápida mirada a su alrededor. —Déjelo en mis manos, señorita. ¿Necesita usted también una bebida? Si me permite el atrevimiento, parece usted un poco ruborizada.

—Me encantaría una limonada, si no es mucha molestia.

Él asintió y le hizo un pequeño guiño. —Vuelva a su asiento, y yo iré enseguida.

Jemmah volvió a sentarse y acababa de girarse para explicarle el plan a la viuda cuando, fiel a su palabra, se acercó Frazer, llevando una bandeja con un vaso de limonada además de una taza de té y un platillo.

Presentó la taza de porcelana a la anciana, y las cejas de Lady Lockhart se deslizaron por los pliegues de su frente para quedar ahí suspendidas.

—¿Té? —se quejó la viuda, mirando a Jemmah con

ojos de lince. —Definitivamente me niego a tomar té.

—Oh, pero este es un brebaje muy especial, milady. Estoy seguro de que le gustará—. Frazer inclinó la cabeza y los ojos de la viuda se redondearon.

Ella tomó un delicado sorbo, y luego sonrió con puro placer. —En efecto. Un brebaje excepcionalmente bueno. Gracias.

Frazer las dejó, y su señoría dirigió una mirada de aprobación a Jemmah.

—Eso estuvo muy bien hecho de su parte, señorita Dament. Y muy inteligente—. Su mirada acuosa se clavó en Jemmah durante un largo momento antes de asentir lentamente, como si llegara a una conclusión. —He estado pensando en patrocinar a una joven digna esta temporada, alguien que me acompañe también. Sería un honor que consideraras la propuesta.

Jemmah se atragantó con su limonada.

Con los ojos llorosos y tragando contra el ardor de su garganta, se quedó boquiabierta.

Que la pellizcaran para despertarla.

¿Una salida?

¿Una forma de escapar de mamá y Adelinda?

Movió los dedos de los pies y dio un pequeño respingo en su asiento.

La tía Theo había intentado durante años convencer a mamá de que dejara a Jemmah vivir con ella, pero la verdad es que mamá se resistía a perder a Jemmah como su sirvienta.

¿Pero rechazar el patrocinio de la viuda?

Eso mamá no lo haría.

Lo único que valoraba más que a Adelinda era el dinero, algo de lo que los Dament andaban siempre escasos.

Jemmah puso su mano sobre la de la viuda. —Consideraría un gran honor ser su acompañante, su señoría, y no hay necesidad de patrocinarme. No estoy hecha para las fiestas y los bailes.

—Oh, tonterías. Por supuesto que sí, querida —aseguró Lady Lockhart a Jemmah. —Pero si te hace sentir más cómoda, puedes empezar como mi acompañante de inmediato. Tomaremos el patrocinio de la temporada un poco más despacio.

—¿Acompañante...? —Mamá se acercó a ellas, con una sonrisa forzada y delgada como un lazo que le hacía ver las comisuras de la boca. —Si a alguien se le concede el apadrinamiento y el privilegio de ser acompañante de su señoría, debe ser, naturalmente, Adelinda. Estoy segura de que usted lo entiende, milady. Es la hija mayor, después de todo.

Todos aclamen a la hija mayor.

¡Bah!

—¿Estás completamente loca, mamá? —Adelinda siseó cerca de la oreja de mamá, con su habitual sonrisa artificial que la hacía parecer la inocente de temperamento suave para el espectador casual. La furia en sus ojos color café contaba una historia completamente diferente.

Lady Lockhart le lanzó a Jemmah una mirada de "sabía que ella iba a hacer un berrinche".

Adelinda siguió refunfuñando, con un mohín en su boca coloreada.

—¿Esperas que atienda a otra? ¿A una anciana? ¿Que esté a su disposición? —Ella resopló indignada, agitando una mano hacia la viuda mientras levantaba su delicada barbilla con arrogancia. —*Yo* no soy material de compañía. Y menos aún para una vieja arpía sorda y demente.

Su barbilla descendió un centímetro como si estuviera concediendo un favor real. —Jemmah puede actuar como acompañante, y como la mayor, yo aceptaré el patrocinio.

Tararara.

Esto último lo pronunció con la austeridad y la expectativa del derecho de una princesa de la corona.

Jemmah levantó su copa sin dejar de mirar a la viuda.

Lady Lockhart plantó ambas manos nudosas sobre el mango floral de su bastón y dirigió a Adelinda una mirada de incredulidad tan mordaz que sólo quedaron visibles los iris de la dama.

Esto va a ser muy divertido.

Su señoría era precisamente la persona indicada para derribar a Adelinda y su pretenciosa superioridad de su autoproclamado pedestal y ponerla sobre su bien redondeado trasero.

—Ciertamente, soy una vieja arpía, pero en absoluto sorda, señorita Dament.

Jemmah se mordió el interior de su mejilla.

Muy divertido ciertamente.

La mirada de la viuda recorrió a Adelinda, que no tuvo el refinamiento de parecer avergonzada, sino más bien contenciosa.

—Tendría que estar demente para considerarte para el puesto. Pero como ya lo ha ocupado tu encantadora hermana, no tenemos que preocuparnos por eso, ¿verdad? —Y le regaló a Jemmah una amplia -sí, claramente petulante- sonrisa de boca cerrada. —Ah, y los dos van de la mano: el patrocinio y el cargo, para que no haya confusión.

La sonrisa de Adelinda se desvaneció un poco y el disgusto frunció su boca. Sin embargo, diestra en el artificio, enmascaró rápidamente sus verdaderos sentimientos y se mantuvo firme en su postura.

—Milady, seguramente no querrá malgastar dinero y tiempo en mi sencilla y poco excepcional hermana, cuando ambos estarían mucho mejor invertidos en la más atractiva de nosotras dos. El pequeño sapo apenas merece el esfuerzo, y me temo que el resultado será muy insatisfactorio.

Adelinda inclinó la cabeza y adoptó su expresión

más falsa, tan seductora como una peluca púrpura sobre un burro. Aquella calculadora que inevitablemente aseguraba que ella adquiriría cualquier cosa que la linda mimada quisiera en ese momento.

—Gracias por tus amables palabras, *hermana*—. Jemmah no podía atribuir el sabor ácido de su lengua a la limonada con la que acababa de atragantarse.

¿Cómo podía Adelinda ser un cerebro de chorlito tan cruel e insensible?

Adelinda se rio, con el tintineo a menudo practicado ante su espejo, que sonó hueco y estridente en lugar de ligero y musical. Abriendo de golpe su abanico, jugueteó con las varillas, la expectación seguía arqueando sus aladas cejas.

Densas como el pan negro.

—Hmph.

A Lady Lockhart se le escapó un sonido muy parecido a un bufido o juramento ahogado. Rebuscó en su pequeña bolsa durante un momento y luego miró triunfante mientras sacaba un par de gafas con montura de alambre. —Aha, aquí están.

Se las tendió a Adelinda.

—Creo que las necesitas más que yo, si crees que tu hermana es inferior a ti en cualquier aspecto, pero sobre todo en belleza.

En un desafío sin sonido, las cejas de la viuda se alzaron también. Ambas se miraron, con las cejas levantadas y los ojos disparando dagas en una batalla silenciosa.

Ante la imagen de las cejas de Lady Lockhart y Adelinda compitiendo, Jemmah ahogó una risita.

—Simplemente no puedo creer esta traición—. Adelinda apartó primero la mirada y, con su típica actitud hostigadora, dirigió un ceño acusador a Jemmah. —¿Cuánto tiempo has estado maquinando a mis espaldas, Germ? ¿Consiguiendo la simpatía de su señoría para poder robarme esta oportunidad?

—Sabes tan bien como yo, Adelinda, que rara vez se me permite asistir a estas recepciones, y no he tenido el placer de la compañía de Lady Lockhart en meses. Y...

—Un año, dos meses y... ah... —Lady Lockhart entornó los ojos mientras examinaba el techo, su boca trabajando en silencio. —... doce días. Fue el día de San

Valentín del año pasado—. Ella desvió su mirada cómplice hacia Jemmah. —Pasaste la mayor parte de la tarde escondida en la biblioteca.

¿Cómo diablos se había acordado ella de eso?

Mamá pareció despertar de su estupor y tocó el antebrazo de Adelinda. —Hablaremos de esto más tarde, cariño.

Después de dar un largo trago a su taza de té, Dios sabía que lo necesitaba después de la confrontación con Adelinda y mamá, la viuda dedicó una sonrisa de satisfacción a Jemmah. —Después del té de mañana, tendremos que ocuparnos de adquirir un vestuario adecuado para una joven de tu nueva posición.

—Pero... pero... —Los celos retorciendo el rostro de su hermana, y aparentemente ajena a la pequeña multitud que se había reunido, pendiente de cada palabra imprudentemente pronunciada, Adelinda plantó las manos en las caderas y se enfrentó a su madre. —Mamá, dile a Germ que no puede. No lo permitirás.

Jemmah se enderezó.

No. No. No.

No le robarían esta oportunidad.

Mamá abrió la boca, pero antes de que pudiera tranquilizar a Adelinda, la voz de la tía Theo cortó el aire, firme e implacable.

—Oh, ella lo permitirá, sin duda.

Giraron su atención hacia la tía Theo, su acercamiento había pasado desapercibido debido a la indecorosa muestra de mal genio de Adelinda y al semicírculo de espectadores intrigados que bloqueaban su vista.

Sonriendo a sus invitados, la tía Theo inclinó la cabeza antes de sugerir: —Estoy segura de que me permitirán un momento para una conversación familiar privada.

Mientras la tía Theo enlazaba cordialmente sus brazos en los codos de mamá y Adelinda, los curiosos se dispersaron como cucarachas a la luz del sol. Acercando a su madre y a su hermana, la tía Theo bajó la cabeza, con el rostro duro como un granito.

—Has sobrepasado los límites, Theodora. Yo determinaré cuál de mis hijas es la más adecuada para el puesto—. Mamá le lanzó a Adelinda una mirada de soslayo y de complicidad.

—Como he dicho, Belinda, le permitirás a Jemmah este honor. Porque si te niegas —la tía Theo dirigió su ira directamente a Adelinda —, esta mocosa egoísta y malcriada sentirá todos los efectos de mi descontento, y te aseguro que, cuando acabe, ni un sastre considerará a Adelinda como su esposa.

Capítulo 6

Suspirando, sintiéndose más satisfecho de lo que había estado en meses, o tal vez en años, Jules se desató el pañuelo del cuello y, tras dejarlo encima de la mesa barroca francesa que había detrás del sofá, se hundió en los cojines color carbón cubiertos en damasco.

Le había dado las buenas noches a una Sabrina con los ojos soñolientos y luego se retiró a su estudio para contemplar los notables acontecimientos de la noche.

Concretamente, un incidente.

Tropezar con la señorita Jemmah Dament, y en un instante su vida había cambiado.

Se tocó los labios con las yemas de dos dedos, y no se sorprendió al ver que una sonrisa pícara curvaba su boca. En las últimas dos horas, él había sonreído más que en los últimos dos años, y su providencial encuentro con Jemmah lo había puesto en un nuevo rumbo.

Por el canto de los grillos que tocaban una gran sinfonía más allá de la ventana francesa del estudio, era un camino que anticipaba con entusiasmo.

Había encontrado su diamante en bruto.

Tal vez no tan en bruto, excepto por su humilde atuendo.

Jemmah se puliría brillantemente, y entonces aquellos que la habían ignorado, que habían pasado por alto su belleza, rechinarían los dientes de disgusto.

Ella se había convertido en una joven notable y sensual. Alta, ágil y con deliciosas y redondeadas curvas femeninas, dos de las cuales le habían provocado sin piedad por encima del corpiño, sus rasgos y su forma se habían incrustado en su memoria.

Una risa autodespectiva, pero llena de alegría, brotó en su pecho y luego retumbó, llenando la silenciosa habitación iluminada por el fuego.

Apenas unas horas antes, él se había declarado indiferente al matrimonio, y ahora, calculaba qué tan pronto podría tomar como esposa a la encantadora, ingeniosa, un poco tímida y torpe, pero totalmente deliciosa y preciosa Jemmah Dament.

Si alguien le hubiera preguntado cómo podía estar tan seguro de que debía hacerlo, no habría podido responderle con la lógica y la razón, ya que ninguna de ellas tenía nada que ver con el vértigo -sí, por todos los cigarros de White, el vértigo- que le invadía.

Simplemente lo sabía.

Así de simple.

Ni una maldita cosa lúcida al respecto.

Al igual que las criaturas salvajes reconocen a sus crías, un río discierne el curso que deben seguir sus aguas, los instintos de las aves silvestres las impulsan a volar hacia el sur para pasar el invierno, o incluso el sol entiende que debe salir cada mañana y luego descender lentamente cada noche...

Lo sabía.

Somnoliento, contento y decidido, Jules cerró los ojos y soñó con el momento en que volvería a ver a su preciosa Jemmah de ojos celestes.

¿Era mañana demasiado pronto para proponerle matrimonio?

~*~

—Señorita Jemmah. Necesita despertarse. Ahorita. La señora quiere que usted vaya por un mandado.

Al oír el susurro frenético y la pequeña mano de Mary Pimble sacudiendo insistentemente su hombro, Jemmah abrió un ojo. Con un poco de baba en la comisura de los labios y la cabeza apoyada en los antebrazos, observó el surtido de papeles, plumas y dibujos esparcidos a escasos centímetros de su línea de visión.

Debió de haberse quedado dormida sobre sus bocetos mientras intentaba decidir cuál llevarse para enseñárselo a Jules en el té de hoy.

Después de limpiarse la boca, bostezó y parpadeó con sueño.

Por todo el brandy de Gran Bretaña, nadie podía culparla por haberse quedado dormida.

Al fin y al cabo, el reloj había dado las dos de la madrugada antes de que consiguiera desvestir a mamá y a Adelinda, calentar sus sábanas y avivar el fuego de sus habitaciones, todo ello mientras se sometía a sus rencorosas letanías sobre por qué Adelinda debería haber cosechado el favor de la viuda, y no Jemmah.

Su furia mutua por la contundente amenaza de la tía Theo de cesar toda ayuda monetaria casi había provocado la apoplejía de mamá y, por primera vez, el rostro de Adelinda se había teñido de rojo brillante mientras sollozaba y despotricaba contra su maltratada almohada.

Jemmah arqueó su rígida espalda y estiró los brazos por encima de la cabeza, casi tocando con las yemas de los dedos las ásperas tablas del techo inclinado.

—También llegó una carta para usted. La escondí en mi bolsillo—. Con los ojos grandes y curiosos, Pimble susurró: —Es de un *duque*.

A Jemmah se le revolvió el estómago.

Pimble sacó de su delantal el rectángulo decorado con un verde cazador y dirigió una mirada preocupada hacia la puerta mientras Jemmah se ponía de pie y se estiraba de nuevo al tiempo que miraba la concurrida calle.

Bendita fuera Pimble.

No sería la primera vez que mamá o Adelinda interceptaban una misiva destinada a Jemmah.

—Gracias, Pimble.

Jemmah aceptó la nota, estampada con el sello de Dandridge.

Definitivamente, mamá habría confiscado la carta. Tenía a Dandridge destinado para Adelinda.

Jemmah le dio la vuelta para examinar los atrevidos trazos de la carta.

Lástima que el duque tuviera otros planes.

La sonrisa que se dibujó en la boca de Jemmah mientras trazaba su escritura con la yema del dedo podría haber sido un poco de júbilo.

O mucho.

Para alguien que rara vez prevalecía, este triunfo era mucho más profundo. Algo que había que apreciar y mantener en privado, lejos de las miradas indiscretas. Su pequeña habitación, que antes era el cuarto de los sirvientes y estaba situada tres pisos por encima de la calle, le permitía ese lujo.

Mamá y Adelinda detestaban subir las escaleras, sobre todo las últimas, estrechas y empinadas, y la habitación solía estar helada o muy caliente. Pero la habitación había sido el refugio privado de Jemmah durante más de una década, y ella estaba contenta aquí aunque careciera de comodidades.

Rompió el sello y, utilizando la ventana como fuente de luz, miró con atención la escritura desconocida.

Mi querida señorita Dament,

Estoy deseando renovar nuestra amistad y consideraría un gran privilegio que me permitiera acompañarta al teatro esta noche.

Theo también asistirá, así que estaremos bien acompañados.

Anticipo las horas hasta la próxima vez que la vea.

Dandridge

El placer, sigiloso y agudo, volvió a curvar la boca de Jemmah mientras volvía a doblar la carta.

Era increíble cómo, en menos de veinticuatro

horas, sus perspectivas habían cambiado tan radicalmente. Asistir al teatro estaba descartado, por supuesto. Literalmente, no tenía ni un solo vestido apropiado para tan fastuoso evento; no es que se quejara.

Anoche, había tenido poco que esperar, y hoy...

Bueno, para empezar, Jules estaría en el té y quizás también Lady Sabrina. Y también su futura patrona, la viuda Lady Lockhart.

Dios amaba a esa querida y aguerrida mujer.

Anoche, imperturbable y plenamente consciente de su posición y poder, ella había mirado regiamente a mamá.

—Será mejor que le enseñes a esa a retirar las garras—. La viuda agitó su cabeza gris hacia Adelinda, y las plumas de avestruz de la cabeza de la viuda se golpearon entre sí con el movimiento. —La envidia convierte incluso a las jóvenes más atractivas en criaturas feas y rencorosas que nadie quiere tener cerca. No es nada apropiado, se lo aseguro. Y si ambas desean seguir siendo bienvenidas en la Sociedad, como Theo ha insinuado, madre e hija se comportarán como se espera de alguien a quien se le ha concedido el privilegio.

Jemmah apenas se abstuvo de aplaudir.

Se habría permitido una sonrisa triunfal, si no fuera porque, malditas fueran sus gastadas zapatillas, había sentido compasión por mamá y Adelinda. Más aún cuando ninguna de las dos había mostrado la menor modificación o remordimiento, y la censura que les dirigieron quienes escuchaban disimuladamente su conversación hizo que el rostro de Jemmah ardiera de vergüenza por su familia.

Siempre había sido así.

Ella podía tener pensamientos poco caritativos y en ocasiones refunfuñar en voz baja, y con razón. Pero al final, una esperanza muy arraigada de que mamá y Adelinda cambiaran -o quizás no fuera más que un deseo fantasioso- agitaba los restos de su compasión.

Un momento después, el carruaje de la tía Theo se detuvo ante su humilde casa, ganándose las miradas curiosas de los transeúntes. Sólo que esta vez, la expectativa de Jemmah de marcharse durante unas horas significaba aún más de lo habitual.

Hoy podría ser la última vez que volviera a esta casa como una residente.

A partir de entonces, ella sólo sería una visitante; si mamá consideraba invitarla, claro.

Sería mejor que Jemmah no aguantara la respiración esperando esa invitación a corto plazo.

A diferencia de Jemmah, mamá no tenía un carácter indulgente.

—¿Son buenas noticias, señorita?

Pimble se paseaba de un lado a otro, sin hacer gran cosa, pero cada momento que la criada pasaba aquí era mucho más agradable que volver abajo.

—De algún modo, sí.

Mejor no revelarle demasiado a Pimble, todavía. Jemmah deslizó la carta en su pequeña bolsa, temiendo dejarla en su habitación.

—Mamá se ha levantado antes de lo que esperaba.

La criada ofreció una sonrisa ladeada y de disculpa. —Y si se me permite el atrevimiento, esta mañana está de tan mal humor como nunca la he visto.

Era una maravilla que mamá se hubiera levantado antes del mediodía; una garantía de que estaría malhumorada el resto del día. Mucho peor era para la pobre Pimble cuando mamá o Adelinda se sentían malhumoradas. Ambas eran tan espinosas y difíciles de manejar como un erizo enfurecido.

—Jemmah, ¿vas a perder el día?

Respirando con dificultad, con las faldas agitándose en los tobillos, mamá entró a trompicones en la habitación de Jemmah. Su cara bonita y regordeta, ligeramente sonrosada, se frunció en señal de disgusto cuando su mirada se fijó en los numerosos bocetos colgados en las vigas, que representaban desde nuevas modas hasta pájaros posados en las ramas de los árboles en flor.

—Envié a Pimble a buscarte desde hace media hora. ¿Qué las retiene a las dos?

Jemmah alisó las arrugas de su sencillo vestido de día verde Pomona, o al menos lo intentó, antes de colocarse ante el pequeño y ligeramente borroso espejo rectangular que colgaba de una viga de soporte.

Se alisó el cabello y se arregló algunos mechones sueltos mientras observaba a su madre en el reflejo.

Pimble se escabulló de la habitación, completando

su huida.

Una chica inteligente.

Si tan sólo Jemmah pudiera hacer lo mismo.

—Sólo han pasado diez minutos, mamá, y me temo que el mandado tendrá que esperar hasta que visite a la tía Theo y la viuda me lleve de compras esta tarde—. Ella movió sus dedos... hacia la ventana arqueada de cuatro paneles, el inferior derecho dividido por una larga grieta. —El carruaje ya espera fuera.

Al observar su reflejo, frunció el ceño.

Las ojeras rodeaban sus ojos, y el vestido, de un tono brillante en Adelinda, hacía que la piel de Jemmah pareciera amarillenta. Estaba deseando adquirir uno o dos vestidos en tonos que favorecieran su coloración, en lugar de llevar más desechos de Adelinda, como había hecho Jemmah desde que tenía uso de razón.

¿La convertía eso en una mujer superficial o simplemente en la típica mujer que disfrutaba viéndose bien?

¿Especialmente ahora que tenía una razón para preocuparse por su apariencia?

Si al menos tuviera un fichu para cubrirse el cuello y disminuir los efectos negativos del vestido en su apariencia. ¿Quizás podría dejarse el abrigo puesto?

—Dime qué es lo que necesitas, mamá, y estaré encantada de ocuparme de ello antes de volver a casa. O tal vez, si el asunto es terriblemente urgente, Pimble o Adelinda podrían ocuparse de él por ti.

No muy apaciguada, su madre se apartó de la mesa donde había estado hurgando, frunciendo de vez en cuando el ceño o haciendo una mueca por algo que vio.

—No te pongas impertinente conmigo, jovencita. Sabes muy bien que Pimble tiene más que suficiente que hacer, y mientras residas aquí, se espera que hagas tu parte.

¿Como Adelinda?

—Todavía no eres la mascota mimada de Lady Lockhart —espetó mamá, al tiempo que arrojaba los dibujos que había estado examinando sobre la mesa, llena de marcas e irregularidades.

Por el tesoro del Rey Salomón, si Adelinda no estaba todavía durmiendo *y roncando*, Jemmah se saltaría el desayuno. Su mirada se posó en el poco apetitoso cuenco de madera que había sobre su mesa.

Oh, eso era cierto. Había renunciado a su desayuno de gachas de avena más temprano.

Mamá le dirigió a Jemmah una mirada desdeñosa y se cruzó de brazos. —Sabes muy bien que, como la mayor, debería haber sido tu hermana la que recibiera la benevolencia de Lady Lockhart.

Ah, he aquí la verdadera razón por la que mamá se atrevió a la extenuante subida.

—Una hija obediente y una hermana afectuosa habrían insistido en ello. No puedo concebir tu egoísmo, Jemmah. Realmente no puedo. Excepto —señaló con su barbilla más alta y dio un bufido despectivo —, que eres la hija de tu padre.

Un golpe en las costillas de Jemmah con una espada corta habría dolido menos.

Ella giró, con la incredulidad y la injusticia elevando su temperamento a una nueva altura.

De su gancho en el otro lado del poste cogió su sombrero de paja sin adornos y su abrigo azul desteñido de siete años, más apropiado para una adolescente que para una mujer adulta.

—Nunca he sido deliberadamente egoísta, ni te he tratado a ti o a Adelinda no con siquiera un poco con de la falta de amabilidad que ambas me han dado regularmente—. Parpadeó para alejar las punzantes lágrimas que le nublaban la vista y se abrochó los cierres de rana de la prenda en la garganta. —Tengo la oportunidad de dejar esta casa. ¡Y por los cerdos que cazan trufas, la estoy aprovechando!

—Así de fácil—. Mamá chasqueó los dedos, la ira crepitando en su mirada de ojos entrecerrados y su voz estridente. —¿Abandonarías a tu familia sin preocuparte de cómo nos las arreglaremos?

—Si me hubieras mostrado siquiera una pizca de amabilidad o consideración. Preguntado alguna vez lo que deseaba. Alguna vez dejar de lado tu egocentrismo, y tu... —Jemmah inhaló un aliento entrecortado y lleno de lágrimas —...*odio* hacia mí, yo podría haber pedido a su señoría que considerara también a Adelinda.

El afán, o tal vez la desesperación, dio a los planos del rostro de mamá un aspecto más suave y vulnerable.

Casi como la madre de antaño, antes de que todo lo relacionado con Jemmah le pareciera censurable y digno de ser ridiculizado.

Mamá se retorció las manos y humedeció sus labios. —Piensa en tu hermana. Y en mí. No estamos tan acostumbradas a las penurias y a las necesidades como tú.

Santa hipocresía. ¿Acaso mamá se escuchaba a sí misma?

Jemmah levantó la cabeza y apretó la mandíbula contra las réplicas acaloradas que le hacían cosquillas en la lengua. Dientes del infierno, incluso ahora mamá intentaba usar la culpa para influenciarla. No por preocupación o consideración.

Oh, no.

Siempre -*siempre, ¡maldita sea!*- para beneficiarla a ella y a Adelinda.

Esta vez no.

Ella debió ver la negación en la forma rígida y los labios comprimidos de Jemmah, porque mamá se apresuró a cruzar la habitación, y agarrándose al brazo de Jemmah tartamudeó: —Te... te permitiré asistir a más eventos. Y... e incluso encargaré material para que puedas coserte un par de vestidos nuevos. Si los fondos lo permiten, por supuesto. Sin embargo, debes saber que no puedo administrar la casa sin tu ayuda.

Ella se procuró lo que sin duda pretendía ser una sonrisa alentadora. Pero el brillo calculador de sus ojos y la rigidez de sus labios apenas torcidos revelaron sus verdaderos sentimientos.

Jemmah ya estaba muy lejos de la cortesía.

Años de injusticia y malos tratos le habían pasado factura, y ella temía, le horrorizaba volverse rencorosa como su madre. Tan llena de odio y resentimiento, su presencia era tóxica para todos los que se encontraban con ella.

—Dime, mamá. ¿Entonces Adelinda asistirá a menos funciones? ¿Y empezará a contribuir al mantenimiento de nuestra casa en lugar de hacerse la consentida y quedarse en cama hasta la tarde mientras yo la atiendo?

Mamá parpadeó a Jemmah como si le hubiera pedido que bailara un vals desnuda cubierta de plumas de pavo real por Hyde Park.

—Me pareció que no.

Jemmah se puso los guantes de un tirón y pasó el dedo índice por la punta raída del derecho.

¡Por todos los cielos!

Algo muy parecido a un gruñido le subió por la garganta. —El carruaje me espera. Debo irme.

Antes de desahogar cada uno de los pensamientos heridos, feos y reprimidos que ahora daban vueltas en su cabeza.

—No es demasiado tarde, Jemmah —suplicó mamá. —Todavía puedes rechazar el puesto. Insiste en que lo ocupe Adelinda. Estoy segura de que Theodora y la viuda cederán a tus deseos si te mantienes firme y les dices que eso es lo que quieres.

—Pero no es lo que quiero. Es lo que *tú* quieres. Y como siempre, es lo que las beneficia a ti y a mi hermana sin importarles cómo me afectará.

Jemmah se mordió la lengua para evitar que el resto de sus enfurecidos pensamientos salieran a la luz. Tras colocarse el sombrero en la cabeza y anudar la cinta, tomó su pequeña bolsa y la pila de bocetos que había reservado para hoy, y se dirigió a la puerta.

—Me voy ahora, no sea que diga algo de lo que me arrepienta.

—Bueno, yo de seguro no tengo esos recelos—. Mamá apuntó un dedo hacia Jemmah, con toda la malicia y la animosidad que había mantenido parcialmente bajo control hasta ahora, grabada en sus duros rasgos. Innegable, deslumbrante, y con la intención de sacar sangre.

De herir.

—Lamento el día en que naciste, Jemmah Violet Emeline. Me libraré de ti, y del recuerdo constante del canalla de tu padre que me mira fijamente a través de tu rostro. Vete y no vuelvas. ¡Ya no eres bienvenida bajo este techo!

Capítulo 7

Jules silbó mientras recorría las varias cuadras que lo separaban de la casa de Theo, con sus botas chasqueando a un ritmo cómodo sobre el pavimento húmedo.

Dadas las nubes grises como cañones suspendidas en el horizonte, quizá no fuera la elección más sabia. Un hombre más sensato habría montado a caballo o tomado su carruaje, pero no sólo disfrutaba del ejercicio, sino que tenía un motivo ulterior para elegir caminar.

Theo había enviado su carruaje por Jemmah, lo que significaba que ella volvería a casa de la misma manera.

Su conciencia lo reprendió.

Desgraciado confabulador.

En efecto, lo soy, aceptó Jules alegremente.

Tenía la intención de acompañarla y pedirle a su madre permiso para visitarla. La idea había echado raíces la noche anterior, y esta mañana estaba firmemente arraigada.

Lo más probable, de hecho, apostaría por ello, era que la señora Dament se opusiera inicialmente. Sin embargo, ningún padre bondadoso le negaría a su hija un ducado, pues esa era la intención final de Jules. Y el hecho de que él creía, estaba bastante seguro, a decir verdad, de que estaba a mitad de camino - ¿completamente?- de estar ya enamorado de Jemmah, bueno... eso era sólo una tremenda ventaja.

Durante el trayecto, podría tomar la mano de Jemmah o incluso darle uno o dos deliciosos besos. O una docena.

Ante la provocadora idea, sus regiones inferiores se estremecieron. Otra vez.

Peor que una rana en un adoquín caliente en agosto, por Dios.

Desde la noche anterior, él había estado duro como las estatuas de hierro fundido que adornaban los pilares de las esquinas de la gran casa de Theo. No había dormido más de quince minutos ininterrumpidos sin que su cuerpo excitado y descontento lo sacara del sueño, exigiendo su liberación.

Tocando el ala de su sombrero, saludó a los conocidos que encontró en el camino, lo que le valió varias expresiones de estupefacción.

Londres no estaba acostumbrado a que el duque de Dandridge luciera una amplia sonrisa de Cheshire o a que inclinara su sombrero de forma cordial. El entusiasmo de su paso y la sonrisa idiota esculpida en su rostro lo tomaron por sorpresa.

Jemmah había hecho esto.

En un abrir y cerrar de ojos, su amiga de la infancia, ahora convertida en una mujer gloriosamente encantadora, había despertado su corazón dormido. Le había hecho despojarse de su mortaja melancólica y mirar el mundo con una visión nueva y optimista.

Al verla de nuevo anoche...

Todo se había vuelto tan claro para él como un cristal recién pulido.

Jemmah era lo que él deseaba. Siempre lo había sido.

Por eso él se había sentido tan atraído por Annabel. Rubia y de ojos azules, se había parecido a Jemmah, incluso con un temperamento similar.

Su espíritu, su intuición, cualquier parte de él que reconociera que Jemmah había quedado marcada en su alma, había intentado decirle eso mismo.

Sólo que él había estado estúpidamente sordo y ciego a los impulsos; no los había reconocido, ni siquiera había sabido lo que ansiaba hasta que ella le sonrió somnolienta, y el pleno resplandor de su sonrisa poniendo su mundo patas arriba.

Entonces, como si la estrecha rendija de la puerta por la que había estado mirando con un ojo se abriera de repente, pudo verlo todo, hasta el más mínimo detalle.

Y sí, por Dios, saboreó la inverosimilitud, disfrutó de la paradoja, se rio a carcajadas de la gloriosa coincidencia que le llevó a colarse en la misma habitación en la que ella dormía.

—Hoy estás especialmente animado, Dandridge —dijo una voz aburrida y familiar. —¿Disfrutaste del baile después de todo?

Pennington, maldición.

Jules se encontró con las miradas divertidas de Pennington y Sutcliffe.

—Me sorprende ver a alguno de ustedes por aquí. Pensaba que se habían ido al infierno de las apuestas después de marcharse de casa de Lady Lockhart anoche.

—Lo hicimos—. Sutcliffe ladeó la cabeza, mirando a Jules durante un largo momento. —Pennington, ¿me engañan mis ojos o Dandridge estaba sonriendo? ¿Sabes esa cosa rara en la que su boca se mueve hacia arriba de vez en cuando?

Le lanzó a Pennington una mirada de falsa confusión. —El fenómeno ocurre tan raramente que no puedo estar seguro.

—No, Sutcliffe, yo también lo vi. Pensé que aún podía estar sintiendo los efectos de nuestra tardía noche.

Pennington pretendió examinar la cara de Jules con su monóculo.

—Los dos son unos auténticos afeminados.

Jules los esquivó y siguió su camino. No estaba

preparado para explicar su felicidad, ni para soportar sus sarcasmos y burlas. No cuando se trataba de sus sentimientos hacia Jemmah.

—¿Afeminados? *¿Afeminados?* —repitió Sutcliffe, ofendido. —Maldita sea. Dandridge, ¿te estás ablandando? Los dandis, los petimetres y los jovenzuelos son afeminados—. Se golpeó el pecho. —Pennington y yo somos bribones, sinvergüenzas, impertinentes, canallas y libertinos. Pero nunca algo tan tibio y estúpido como un afeminado.

—Yo diría que no —aceptó Pennington con un brusco movimiento de cabeza. —Estoy verdaderamente ofendido.

Sutcliffe se puso al lado de Jules, con expresión contemplativa.

Pennington también se puso al lado de Jules y, con los ojos entrecerrados, se frotó la barbilla. —¿Tiene esto algo que ver con la chica que besaste en casa de Lady Lockhart anoche?

Jules se detuvo a mitad de camino.

—¿Lo viste?

¿Cómo, en el maldito infierno?

—Viejo amigo, las cortinas estaban abiertas de par en par—. Pennington le dio una palmada en el hombro a Jules. —No te preocupes. Sutcliffe y yo estábamos fumando. Nadie más se aventuró a la parte trasera de la casa. Sólo fuimos testigos del patético besito que le diste a la preciosidad antes de que ella saliera de la habitación. Realmente necesitas trabajar en eso, viejo amigo. Casi me dio vergüenza por ti.

Ah, así que sólo habían visto el último beso.

—¿Quién es ella? —Esto de Sutcliffe, con una sonrisa astuta.

—No es asunto tuyo.

Jules reanudó su camino y alargó su zancada.

No podía arriesgar a Jemmah.

—Diablos —dijo Pennington mientras volvía a colocar su monóculo. —La está protegiendo. Debe ser serio entonces. No reconocí a la chica. ¿Y tú?

Se inclinó alrededor de Jules para tocar el hombro de Sutcliffe.

Sutcliffe sacudió su oscura cabeza. —No. Pero me resultaba familiar. Podríamos preguntar a Lady Lockhart, supongo.

—Oh, por el amor de Dios. Ella es alguien que conocí hace mucho tiempo. Alguien por quien haré lo que sea para protegerla de los chismes y las especulaciones.

Con las manos en las caderas, Jules miró de uno al otro, preparado para borrar las sonrisas de sus caras.

En lugar de eso, ambos lo miraron con un interés tranquilo y agudo, pero sin una pizca de burla.

Pennington sonrió, con un ojo verde y otro azul parpadeando con alegría reprimida. —¿Debemos felicitarte?

Jules suspiró y negó con la cabeza. —Todavía no. Pero tengo la intención de cambiar eso lo antes posible. Y ustedes —señaló con un dedo a cada uno de ellos por turno —van a hacer honor a mi confianza en este asunto. Tendré su palabra, caballeros.

—Por supuesto —murmuraron al unísono, un poco demasiado rápido y apagado para la comodidad de Jules.

Sutcliffe saludó con la cabeza a un conocido y, después de que pasara, le tendió la mano. —Lo dejaremos aquí, pero acepta mis más sinceros deseos de que tengas éxito. Pero ten cuidado, amigo mío. Tal comportamiento está totalmente fuera de tu carácter, y por eso me inclino a creer que realmente amas a la señorita Dament.

Por todos los cielos.

¿Cómo diablos habían averiguado el nombre de Jemmah?

—Maldición, Sutcliffe. Acordamos en no revelar que sabíamos quién era—. Pennington frunció el ceño. —Nunca pudiste guardar un secreto.

—Es cierto, pero míralo—. Pennington señaló a Jules. —No me atrevo a burlarme de alguien tan obviamente enamorado. ¿Y tú? Sería cruel, y profesamos ser sus mejores amigos.

—Estoy aquí mismo, y puedo escuchar cada palabra—. Ellos no hablarían. Eso lo sabía Jules sin lugar a dudas. —¿Están seguros de que nadie más la vio conmigo?

—Puedes estar tranquilo en ese sentido, Dandridge —dijo Pennington.

—Bueno, mantengan los oídos abiertos, por si acaso. Tengo que irme. Llegaré tarde al té en casa de

Lady Lockhart—. Con un gesto de la mano, Jules continuó su camino, ignorando su coro de carcajadas.

Malditos sean.

Ellos sabían que él no asistía al té.

No hasta que Jemmah apareció de nuevo en su vida.

Él realmente no era dado a un comportamiento precipitado e impulsivo.

Todo lo contrario, de hecho.

Lo cual era una de las razones por las que sabía, más allá de cualquier capricho o duda, que Jemmah debía ser suya.

Oh, su madre y sus tíos tendrían un ataque de nervios tan grande como el del Regente, pero al final, cederían.

¿Qué opción tenían?

Él era el Duque de Dandridge.

Él controlaba los cordones de la bolsa.

Su palabra era la ley, y ya era hora de que reconocieran su posición en lugar de tratarlo como a un bobo incompetente e irresponsable que necesitaba su constante orientación.

Su risa gratificante le valió una mirada curiosa de un par de regordetas matronas vestidas a la moda.

Se sintió maravillosamente libre y sin obstáculos.

Pero ¿cómo convencer a Jemmah de que sus intenciones eran serias después de años de escaso contacto con ella?

Semejante impulsividad por parte de Jules podría haber causado un gran revuelo en los salones de la élite de la alta sociedad si fuera un bribón o un sinvergüenza, pero su reputación de hombre serio y severo hacía que la idea fuera absurda para todos, excepto para Theo, Sutcliffe y Pennington, y preveía una cacofonía en toda regla cuando se filtrara la noticia.

Y así sería.

Bastaba con dos o tres visitas a la misma dirección para que los diez mil más importantes revisaran diariamente su correo en busca de una invitación de boda.

¿Cómo podía esperar que Jemmah lo tomara en serio cuando lo que le proponía iba en contra del sentido común y de su comportamiento habitual?

Era cierto que ella lo había besado como una mujer hambrienta desde hacía tiempo, pero él sospechaba que había estado privada de afecto durante años.

¿Acaso ella le había respondido porque ansiaba desesperadamente la aceptación y el amor, o porque sentía algo por Jules?

El orgullo masculino exigía lo segundo, pero la prudencia sugería lo primero.

¿No podría atribuirse la reacción de Jemmah a ambas cosas?

Sí.

Eso parecía lo más lógico.

Él se hizo a un lado, permitiendo el paso de una niñera y de sus tres revoltosos pupilos.

Jules aprovecharía cualquier ventaja para ganarse a Jemmah y a su madre. Comenzó a hacer una lista mental de las tácticas que pensaba utilizar.

Unos minutos más tarde, él dobló la esquina de Mayfair, justo cuando el carruaje de Theo se detuvo ante su mansión. Aceleró el paso, y su pulso siguió el ritmo de su apresurada marcha.

Jemmah bajó, con un sencillo abrigo azul, un poco demasiado corto, y un simple sombrero de paja. Ella estiró su brazo al interior del vehículo y, tras sacar una maltrecha maleta, miró hacia la gran casa.

¿Acaso sus hombros se hundieron lo más mínimo? ¿La regia columna de su cuello se dobló como si llevara una pesada carga?

—Señorita Dament.

Su mirada no se apartó de ella mientras sus piernas devoraban la distancia que los separaba.

Nunca había contemplado nada tan hermoso como cuando ella se giró y, al verlo, la alegría floreció en el rostro de ella. Todos esos años de ser un hombre sensato y lógico, y ahora se sentía tan mareado como un muchacho con pantalones cortos o un bebedor de cerveza hasta las cejas al recibir el regalo de una maravillosa sonrisa.

—Su Excelencia.

Ella hizo una suave reverencia cuando él se inclinó, pero no antes de que él viera sus ojos enrojecidos, enmarcados por pestañas puntiagudas.

Y el revelador rastro salado en sus mejillas una vez más.

La punta de un dedo manchado de tinta asomaba desde la mano enguantada que sujetaba la maleta. Tal vez los dibujos que había prometido estuvieran escondidos en el destartalado equipaje, que era más viejo que ella, por lo menos.

Ella había conocido la carencia, y un dolor sordo se instaló en las entrañas de él al saberlo.

A su Jemmah le habían ocurrido muchas cosas en los años transcurridos desde que se separaron, y la mayoría no eran buenas.

Mientras el carruaje se alejaba, él tomó su maleta y su codo, pero en lugar de acompañarla hasta la escalinata de entrada, Jules la dirigió hacia atrás, en dirección a las caballerizas.

La confusión marcó la frente de ella y miró hacia atrás.

—¿A dónde vamos?

—A donde pueda hablar contigo en privado.

Una vez ocultos de la calle, puso su dedo índice bajo la barbilla de ella y le levantó la cara.

—¿Qué ha sucedido, querida?

La luz se desvaneció de sus encantadores ojos, y

las lágrimas que allí se acumulaban se filtraron lentamente por las comisuras.

Era tal la angustia de espíritu que se reflejaba en su alma que él la recogió en sus brazos.

Al diablo con el decoro y la propiedad.

Ella necesitaba consuelo.

Así de simple.

Apoyada en su pecho, lloró suavemente, con el corazón roto.

Su aroma, ese ligero y limpio olor a jabón y lavanda, y tal vez el más mínimo indicio de agua de rosas, ascendía mientras sus hombros se estremecían por su dolor.

—Mi querida Jemmah. Por favor, dime. ¿Qué te ha causado tanta angustia?

El borde andrajoso de su sombrero le rozó la barbilla mientras ella se esforzaba por serenarse.

—Mamá me ha echado, y no tengo otro lugar donde ir que abusar de la hospitalidad de la tía Theo.

—¿Por qué haría ella algo así?

Él echó una rápida mirada a su alrededor.
Bien.

Nadie se aventuró a acercarse ni detectó su presencia detrás de los arbustos de dos metros pulcramente recortados que bordeaban la casa de Theo.

En unas pocas frases concisas y estremecedoras, Jemmah explicó lo que sucedió después de que él se marchara del baile la noche anterior.

—Así que como me negué a cederle la oportunidad a Adelinda, como lo he hecho en casi todo lo que importa de toda mi vida, mi madre me echó de nuestra casa. Sólo se me permitió llevar lo que podía caber en una bolsa.

Jules acarició su esbelta espalda, desesperado por consolarla. —Bueno, puedo pensar en dos damas que estarán eufóricas ante este giro de los acontecimientos. Tres, si cuentas a Sabrina. Ella se puso muy contenta cuando le dije que te habías ofrecido generosamente a enseñarle a dibujar.

Él tampoco estaba exactamente angustiado.

El cambio de circunstancias de la joven jugaba a favor de su intención de cortejarla.

Jemmah moqueó y se pasó los dedos por la cara. —¿Puedo pedirte prestado tu pañuelo?

Grandes jirafas galopantes.

La pobre no tenía ni siquiera un trozo de tela con el que secar sus ojos imposiblemente expresivos.

Jules le pasó el pañuelo con sus iniciales, almidonado y bien doblado, y esperó a que se secara la cara y se sonara la nariz. Una vez que ella recuperó el control de sí misma, él recogió su bolso y acomodó la mano de ella en el pliegue de su codo.

Mirándola, él sonrió con ternura. —Sería un mentiroso si fingiera que no me emociona poder visitarte aquí ahora.

Un adorable rubor recorrió su rostro, acompañado de una encantadora inclinación hacia arriba de su boca.

—Sí, eso es lo que hay que esperar. Si la tía Theo está de acuerdo en que me quede con ella.

—Por supuesto que ella lo hará. ¿Y a ti te alegrará que yo venga a visitarte?

Él no pretendía ir tan lejos todavía, pero se le presentó la oportunidad y de forma impulsiva le dijo que quería cortejarla.

En lugar de utilizar la entrada principal, la dirigió a las ventanas francesas abiertas fuera del salón de baile.

Los sirvientes entraban y salían de la sala, limpiando los restos de la celebración de la noche anterior.

El poodle de Theo, César, trotaba por el salón de baile vacío, con la nariz y la cola de ébano en el aire, y sus uñas chasqueando en el suelo de madera.

En lugar de responder de inmediato, Jemmah inclinó la cabeza y lo miró a través de esas gruesas pestañas húmedas por las lágrimas, con una mirada especulativa, penetrante pero reflexiva.

—La viuda me ha ofrecido una oportunidad que alguien de mi posición no podría repetir.

—Al igual que yo, mi preciosa Jem.

Atrayéndola hacia un lado de la casa, Jules la acercó. Una brisa húmeda agitaba los cerezos en flor, enviando una lluvia de pétalos rosados sobre los adoquines de arenisca sobre los que ellos se encontraban.

—¿Por qué ahora, cuando apenas me has hecho caso durante años? —Ella jugueteó con la correa de su pequeña bolsa. —Sé que actué... Bueno, me alegré mucho de verte anoche, y disfruté del baile. Y después también. Mucho, de hecho. Pero eso fue... es un cuento de hadas. No soy una simplona. Las mujeres como yo no tienen al Duque de Dandridge cortejándolas cuando hay otras candidatas mucho más encantadoras, más adecuadas y ricas.

—Entonces no pienses en mí como el duque, sino como tu amigo de muchos, muchos años. Uno que nunca ha tenido a otra persona tan querida, y uno que con todo su corazón, quiere ser más—. Pasó el dedo por su mandíbula. —Mucho más, si me permites.

Jules posó sus labios sobre los de ella, saboreando una vez más la dulzura de su boca. Vertió todo su anhelo, su amor en el beso, comunicando lo que tanto necesitaba decirle.

Sin que él se lo pidiera, Jemmah abrió la boca y, utilizando las habilidades que él le había enseñado la noche anterior, procedió a descontrolar cualquier vestigio de pensamiento lógico que él conservara.

Sujetando su rostro entre las palmas de las manos, inclinó la cabeza de ella para besarla más profundamente aún, saboreando su aterciopelada lengua que chocaba con la suya.

Un ladrido sordo, seguido de un silbido cerca de

sus tobillos, frenó su pasión.

¿En qué estaba pensando Jules al besarla a plena luz del día?

Evidentemente, incluso un hombre pragmático y sombrío como él, una vez embelesado, no pensaba con claridad.

Qué espléndida realización.

Aun así, ya lo habían visto besándola una vez, y aunque sus intenciones fueran honorables, no traería la censura a Jemmah.

Theo salió a medio camino de la puerta y se colocó el chal de colores vivos de Norwich más cómodamente alrededor de los hombros.

—Mi lacayo dijo que escuchó voces aquí afuera. ¿Qué están haciendo ustedes dos?

—Estoy tratando de persuadir a la señorita Dament para que me permita cortejarla.

A Jules no le importaba quién lo supiera, y necesitaba a Theo como una aliada.

—Y yo aún no he accedido—. La calidez que irradiaban los ojos de Jemmah lo animó.

Ella estaría de acuerdo. Debía hacerlo.

Una sonrisa envolvió el rostro de Theo, tan

exuberante que sus aretes de rubí temblaron.

—Bueno, si no es esa la noticia más espléndida que he escuchado en mucho tiempo—. Con una rápida mirada al patio, les hizo una seña. —Entren y cuéntenme todo.

Su atención se centró en la maleta cerca de los pies de Jemmah, y su mirada interrogante vaciló entre Jules y Jemmah.

—¿Se están fugando?

Jemmah soltó una pequeña carcajada, llena de agua, y negó con la cabeza. —Nada tan romántico, me temo, tía Theo—. Invocó una sonrisa valiente. —Necesito un lugar para quedarme. Indefinidamente.

—Ah—. Theo enlazó su brazo con el de Jemmah dejando a Jules para que recogiera la maleta maltrecha. —Eres bienvenida todo el tiempo que quieras, querida. La verdad es que estoy encantada.

—Te estoy muy agradecida, tía—. Jemmah se abrazó al brazo de su tía.

Theo le lanzó una mirada pícara por encima del hombro.

—Ahora, dime, ¿qué es eso de que Dandridge te corteja?

CAPÍTULO 8

Tres gloriosas semanas después.

Jemmah se inclinó primero hacia un lado y luego hacia el otro ante el espejo ovalado que llegaba hasta el suelo.

El conjunto de paseo azul cerúleo con bordes negros era lo más bonito que había visto nunca. Pero, de nuevo, eso era lo que pensaba de cada nuevo vestido que la querida tía Theo o la viuda Lady Lockhart le regalaban.

Y cada vez, ella insistía en que le habían regalado lo suficiente y les prohibía comprarle una cosa más.

Ellas se reían y burlaban de ella.

Uno creería que debería ser fácil acostumbrarse a los magníficos vestidos, a los ornamentos, a las fruslerías... a los jabones y lociones perfumados... a dormir lo suficiente por primera vez en años. Pero no era fácil, y Jemmah aún no podía reconciliarse con esta nueva forma de vida.

Cada vez que se dirigía a la viuda acerca de empezar sus tareas de acompañante, la dama desechaba sus preocupaciones, insistiendo en que había tiempo suficiente para preocuparse de eso más tarde. Ni siquiera permitía que Jemmah la acompañara en sus salidas nocturnas, alegando que la tía Theo era más que capaz de hacerlo.

La tía Theo tomaba entonces el brazo de Lady Lockhart, dejando que Jules ofreciera su codo a Jemmah. La tía sospechaba que los dos estaban haciendo pareja. ¿Cómo podía culpar a aquellos queridos cuando ella deseaba lo mismo?

Después de la cena de esta noche, iban a ir al teatro de nuevo.

Oh, esa primera vez había sido tan mágica.

Con un vestido prestado y modificado a toda prisa de la tía Theo, Jemmah había entrado del brazo de Jules, apareciendo por primera vez en público segura y orgullosa.

Escondida en el palco de la tía, Jemmah había intentado ver la representación de ballet, pero la mano de él sosteniendo la suya, sus labios a escasos centímetros mientras él le susurraba al oído, el timbre de su melódico barítono provocándole deliciosos temblores...

Ni siquiera podía recordar el nombre del ballet que habían visto.

Aplicando un poco de perfume de lirio de los valles detrás de cada oreja y en cada muñeca, le sonrió a César, que se encontraba ante las puertas de su balcón, con el hocico apoyado en sus negras patas delanteras y sus grandes y conmovedores ojos observando todos sus movimientos.

Él se había encariñado con ella, casi como si sintiera que ella necesitaba amor incondicional, y a la tía Theo no parecía importarle. O si lo hacía, se lo guardaba para sí misma. Pero la tía de Jemmah también la amaba sin restricciones, e incluso a eso le llevaría tiempo acostumbrarse.

Pero lo haría.

Ella tenía todas las razones para hacerlo, y él

llegaría pronto.

El estómago de Jemmah se revolvió de esa forma tan maravillosa en que lo hacía cada vez que sus pensamientos gravitaban hacia Jules. Era un milagro que pudiera retener la comida con todo el jaleo que estaba teniendo lugar en su centro estos días.

—Señorita Jemmah, ese color le sienta bien. Pareces una verdadera dama—. La boca de Mary se inclinó en una sonrisa pícara mientras mullía las almohadas de la cama. —Perdone mi impertinencia, pero a su hermana le rechinarían los dientes si la viera ahora.

Sin duda.

—Me alegro mucho de que estés aquí, Mary.

Una semana después de la partida de Jemmah, Frazer Pimble se acercó a ella y le reveló que su mamá había despedido a Mary sin referencias. Y como la tía Theo insistía en que Jemmah necesitaba a una doncella -para hacer qué, por piedad-, naturalmente, Jemmah se había empeñado en que Mary tuviera el puesto.

El hecho de que hubiera dos Pimbles en la casa causó un poco de confusión al principio, pero la tía

Theo, siempre dispuesta a dejar de lado las convenciones, aconsejó a todos que llamaran a la criada simplemente por su nombre de pila.

Después de atar las cintas de su sombrero, Jemmah recogió su pequeño bolso y su sombrilla.

Dondequiera que uno mirara, los signos de una primavera temprana eran evidentes. Incluyendo las hojas de los helechos de color verde intenso, los narcisos soleados, las alegres primaveras y el brillante orbe en el cielo que desplegaba sus dedos dorados por el cielo.

El corazón de ella le brillaba con una calidez igual de penetrante y placentera.

Éstas habían sido las semanas más felices de su vida, y a veces, cuando se despertaba en medio de la noche y el familiar abatimiento la cubría, tenía que recordarse a sí misma que había dejado atrás su vida opresiva.

Dios mío, habían cambiado tantas cosas en tan poco tiempo.

No menos importante era que Jules la cortejaba activamente...

Sin permiso.

Mamá se había negado a recibirlo cada vez que él se había acercado a ella sobre el asunto.

Él juró que no se daría por vencido, que ella eventualmente entraría en razón.

Él no conocía a mamá.

Le guardaba rencor y era tan maleable como el mortero seco.

Suspirando, Jemmah dejó de lado sus infelices reflexiones.

Tal y como había hecho Jules todos los días desde que Jemmah se había ido a vivir con la tía Theo, llegaría en un momento para su excursión diaria. Habían explorado todos los parques principales y Covent Garden, visitado el anfiteatro de Astley, comido helados en Gunter's y hecho compras en Bond Street varias veces.

Los planes de hoy incluían una excursión a los jardines de Vauxhall.

Ella tenía la intención de volver también por la noche, pero para esta primera visita quería ver los famosos jardines a la luz del día.

Alguien llamó suavemente a la puerta de su habitación.

—Entre.

Jemmah se puso un suave guante de cabritilla.

—Su Excelencia, el Duque de Dandridge, la espera en el salón dorado, señorita—. Pimble le guiñó un ojo a su hermana. —Avíseme si Mary se pone descarada. La pondré en orden, rápidamente, lo haré.

Mary le sacó la lengua y, riendo, tiró un cojín a la cabeza a su hermano.

Observando sus travesuras, Jemmah torció la boca en una sonrisa melancólica.

Ella no recordaba haber jugado nunca así con Adelinda.

—No temas. Tu hermana cumple con sus deberes con conciencia y eficiencia. Mary, recoge tu capa. No quiero hacer esperar al duque.

Diez minutos más tarde, Jemmah estaba cómodamente sentada en el carruaje de Dandridge mientras su cochero conducía el vehículo por la concurrida calle. Mary se sentó obedientemente en el asiento trasero del mozo de cuadra para permitirles privacidad a Jemmah y Jules, sin dejar de actuar como chaperona.

Como acostumbraba a hacer, a pesar de la leve falta de propiedad, Jules metió rápidamente la mano enguantada de Jemmah en la suya, cubierta de piel. Él agachó la cabeza y su aliento le hizo cosquillas en la oreja.

—Ayer volví a visitar a tu madre.

—¿Y?

Jemmah buscó su rostro, leyendo la respuesta en su mirada compasiva.

Maldita sea la obstinación y el orgullo de mamá.

—Me rechazó una vez más.

El sol rebotaba en el diamante de su corbata, y el verde oscuro de su chaqueta se reflejaba en las motas de jade de sus iris.

Unos ojos tan amables y gentiles, pero también inteligentes, atentos y evaluadores.

—No me sorprende. En su amargura, mamá culpa a todos los demás de sus circunstancias. Se ve a sí misma como la víctima, y eso le impide entrar en razón.

Jemmah le devolvió el suave y tranquilizador apretón que él le dio en los dedos.

El confortable paso de los cascos de los caballos sobre los adoquines, los acariciadores rayos del sol y el asiento de felpa del vehículo la hacían parpadear con sueño y luchar contra un bostezo.

—Estoy segura de que ha sido bastante difícil para ella y Adelinda, ahora que Mary se ha ido y la tía Theo ha retirado su apoyo financiero.

Jules emitió un sonido de confirmación en el fondo de su garganta, haciendo que su manzana de Adán se moviera. —No lo dudo, pero una vez que nos hayamos casado, tengo toda la intención de proporcionarle una asignación siempre y cuando ella esté de acuerdo...

Jemmah lo agarró de la mano y, con la mandíbula floja, se le quedó mirando con incredulidad.

La confusión la hizo juntar las cejas y él le dio dos palmaditas en la mano.

—¿Por qué me miras así? ¿No quieres que le dé fondos a tu madre? Pensé que estarías contenta, pero si no...

Sacudiendo la cabeza, la boca de Jemmah tembló.

—No, no. No es eso en absoluto. Creo que es muy generoso de tu parte, y muy compasivo también.

Más compasivo de lo que ella era capaz de hacer tan pronto.

Mamá no merecía la magnanimidad de Jules.

Él se inclinó más cerca, y descaradamente rozó con su labio la parte superior de la oreja de Jemmah.

—Entonces, ¿qué es?

Jemmah deslizó una mirada disimulada a Mary.

Completamente absorta en el paisaje que pasaba, la criada no había oído a Jules.

Jemmah se acercó un poco más, rozando su muslo contra el de él de forma muy provocativa.

En voz baja, para que ni el conductor ni Mary la oyeran, murmuró: —Has dicho... Bueno, al menos creí que habías dicho "cuando nos casemos".

Levantó los ojos esperanzados hacia los de Jules.

Qué patética debía verse. Qué mortificada se sentiría si lo hubiera malinterpretado.

Nunca habían hablado de matrimonio, pero su cortejo y sus repetidas visitas a mamá debían significar que había contemplado el asunto con cierta profundidad. Y cuando llegara el momento, él abordaría el tema con Jemmah.

Aunque, mientras mamá se negara a dejar que él se dirigiera oficialmente a Jemmah, no tendrían más remedio que esperar a que ella fuera mayor de edad o fugarse a Gretna Green.

No que fuera una idea del todo horrible ni mucho menos.

En realidad, una idea bastante grande. Tal vez debería mencionársela a él.

Si él le proponía matrimonio.

¿Y si no lo hacía? ¿Si ella había escuchado mal?

Bueno, entonces, cuando la viuda regresara al campo, Jemmah la acompañaría.

Menos mal que tenía la posición prometida a la que recurrir. Ese conocimiento la reconfortó mucho.

La ternura curvó la boca de Jules y plisó los ángulos de su rostro, profundizando sus fascinantes ojos hasta convertirlos en un coñac hirviente.

—Efectivamente, he dicho eso mismo, mi preciosa Jem. Creí que habías entendido que esa fue siempre mi intención, mi cielo, desde que te encontré cómodamente dormida en el salón de Theo. Hacerte mi duquesa, la guardiana de mi corazón.

Ella no pudo contener su pequeño grito de júbilo.

Una repentina cautela se filtró en el rostro de él y se enderezó un poco. —¿Supuse mal? ¿Juzgué mal tus sentimientos?

—No, en absoluto, Su Excelencia.

—Jules —le recordó él.

Los ojos de Jemmah se empañaron y dándole una sonrisa trémula, sacó su pañuelo de su pequeño bolso. Con la barbilla pegada al pecho, inclinó la sombrilla y se secó discretamente los ojos. —No me atreví a soñar que me ocurriría algo tan maravilloso.

—¿Me atrevo a esperar que tu respuesta sea afirmativa? ¿No es demasiado pronto?

Jemmah asintió bruscamente, temiendo llorar de alegría si hablaba.

El carruaje dio un brusco temblor cuando la rueda trasera se hundió en un agujero, empujándolos uno contra el otro.

El sombrero de castor de Jules golpeó su

sombrilla, desviándola hacia un lado.

Mientras él la enderezaba, buscó sus ojos.

—¿Sí, es demasiado pronto, o que tu respuesta es sí?

—Sí, me casaré contigo, mi querido hombre —susurró ella, tal vez no tan silenciosamente como podría, ya que no le importaba que los demás supieran esta maravillosa noticia.

Todavía tendrían que convencer a mamá, por supuesto, pero Jemmah se negaba a dejar que ese obstáculo le robara una sola pizca de su euforia.

Jules soltó un largo y estremecedor suspiro.

—Gracias a Dios. Casi me trago el corazón. Creo que todavía está alojado en algún lugar de mi garganta—. Tras palmearse el cuello, él le guiñó un ojo y la arropó escandalosamente. —Podemos discutir los detalles mientras paseamos por Vauxhall, y prometo proponértelo adecuadamente. Demasiados oídos, ahora mismo.

Él movió las cejas hacia Mary.

—Pero, debo decirte —su voz bajó a un ronroneo suave, haciendo que la más notable de las sensaciones brotara en zonas innombrables. —Te adoro, Jemmah, amor mío.

Entonces una lágrima grande se escapó. Una de alegría pura, sin adulterar.

—Y yo también te amo, Jules.

Lo había hecho durante años, pero no estaba preparada para compartir eso todavía. No hasta que estuvieran a solas, y pudiera mostrarle lo extasiada que estaba.

Con los nudillos doblados, él atrapó la lágrima perdida. —Sólo quiero ver lágrimas de felicidad en tus hermosos ojos azules a partir de ahora.

—Así será.

Mirando hacia arriba, Jules cerró los ojos. —¿No se siente glorioso el sol?

—Sí—. Aunque él era mucho más espectacular.

Al recorrer con la mirada su refinado perfil, se llevó la otra mano al centro para calmar el extraño espasmo que siempre se producía al contemplarlo así. No recordaba ningún momento en el que no lo hubiera amado, y el hecho de que él sintiera lo mismo...

Tortugas galopantes, tanto regocijo la mareaba.

Atrás quedaba el compañero rígido, severo e inaccesible del que otros se habían burlado por su severidad. Jules ahora dejaba que el resto del mundo viera al hombre que ella siempre había sabido que existía debajo de su exterior espinoso y protector.

Un suspiro de satisfacción pasó entre los labios de ella.

Media hora más tarde, Mary se instaló bajo un árbol con un libro y varios periódicos de cotilleo, mientras Jemmah y Jules paseaban por los jardines. Ella había vivido en Londres toda su vida y nunca había entrado en Vauxhall.

Los bolsillos de su padre siempre habían estado en el territorio de la deuda, agravado por los fondos que despilfarraba en sus amantes.

—¿Te he dicho lo hermosa que estás hoy, Jemmah? —La profunda voz de Jules retumbó en su amplio pecho.

Un rubor nacido del placer la bañó al ver que él la consideraba así. —No, pero reconozco una pequeña mentira cuando la oigo. Pero mi orgullo de mujer se siente de maravilla al escuchar esas tonterías. Olvidas que tengo un espejo.

Él le pellizcó la nariz. —Y tú, querida, estás ciega a tu propia belleza.

—Bueno, no es esta una coincidencia. Justo estaba hablando de ti, Jemmah.

Al oír la voz rencorosa de Adelinda, Jemmah se giró.

Rayos y centellas.

Ataviada con un precioso vestido verde esmeralda y melocotón -nuevo y caro si no se equivocaba-, Adelinda iba colgada del brazo de un atractivo hombre que Jemmah no reconocía.

¿De dónde había sacado Adelinda el dinero para comprar un vestido de tan alta calidad?

¿Y quién era este nuevo admirador? Otro de los inadecuados canallas de Adelinda, sin duda.

Puede que fuera atractivo, pero algo desconcertante, oscuro y aceitoso, ensombrecía sus ojos sin alma.

Por la forma lánguida en que su mirada se deslizó sobre Jemmah antes de que algo más que un interés cortés agudizara sus rasgos, ella apostaría todos los botones de Francia a que no era un tipo respetable. De hecho, le daban ganas de correr a casa, meterse debajo de las sábanas y ponérselas por encima de la cabeza para bloquear su mirada lasciva.

El examen de Adelinda de Jemmah no fue menos minucioso, pero la mirada de sus ojos nunca podría describirse como apreciativa o cordial.

—Señorita Dament. Perkins—. Jules seguía acunando posesivamente el codo de Jemmah, y dirigió a los recién llegados un saludo claramente frío y lo más breve posible.

No eran amigos, entonces.

—Dandridge—. El reconocimiento igualmente frío de Perkins confirmó su sospecha. La sonrisa que Perkins le dedicó a Adelinda ni siquiera llegó a sus sagaces ojos. —¿No vas a presentarme?

Con la boca tensa por el disgusto, Adelinda levantó una ceja molesta.

—Mi hermana, Jemmah. Jemmah, el señor Samuel Perkins. Es dueño de un club en Kings Street —dijo ella con una superioridad presumida.

Esto último lo declaró como si él tuviera una suite

privada en el Palacio de Buckingham.

—Así que, Adelinda, esta es la hermana menor de la que tanto me has hablado.

Apuesto a que sí.

La risa lasciva de Perkins hizo que a Jemmah se le erizara la piel, y nerviosa por el brillo depredador de sus ojos, se acercó a Jules.

La palma de la mano de él se apretó en el brazo de ella un poco antes de que le pasara la mano por el codo, y el movimiento la atrajo más cerca.

—Me has engañado, mi querida Adelinda —dijo Perkins con otro resbaladizo giro hacia arriba de su boca. —Tu hermana es un diamante de primera clase si alguna vez vi uno.

¿Acaso él se atrevía a dirigirse a Adelinda por su nombre de pila?

Con la apariencia de que le hubieran servido anfibios o reptiles para cenar, Adelinda logró una sonrisa enfermiza.

—Casi he convencido a mamá para que te permita volver a casa, Jemmah. Si dejas de darte aires de grandeza. Después de todo, no puedes esperar aprovecharte de la benevolencia de la tía Theo indefinidamente.

Ella seguía siendo la misma Adelina rencorosa, aunque por supuesto que tres semanas no era tiempo suficiente para cambiar el carácter de uno.

Fue suficiente para enamorarse más profunda y maravillosamente de Jules.

—No volveré, Adelinda. De eso puedes estar segura.

Jemmah le dirigió a Jules una mirada disimulada, pero su hermana se percató de ello.

Adelinda se acercó, con su perspicaz mirada entrecerrada. —Si crees...

—Dandridge, cariño. Me pareció verte desde el otro lado del camino.

Oh, por todos los arenques de Kensington.

¿Dos mujeres decididas a atrapar a Jules en sus redes, y ésta con la audacia de llamarle cariño en público?

Una incertidumbre momentánea saltó sobre los bordes desgastados de la compostura de Jemmah.

Respirando con fuerza, se giró para ver a la

señorita Milbourne, acompañada por dos hombres a los que no reconoció, pero cuyos inusuales ojos topacio y cabello meloso los convertían en parientes de Jules.

El antebrazo de Jules se endureció bajo los dedos de Jemmah.

—Señorita Milbourne. Tíos.

Ah, los famosos tíos Charmont que creían a Jules incapaz de tomar sus propias decisiones.

La tensión, más espesa que el flan, se instaló en el incómodo grupo, y todos se miraron con especulación y recelo.

La señorita Milbourne se acercó más, una perfección absoluta en una exquisita confección de marfil y ciruela, todo encaje espumoso y femenino. Y olía positivamente divino.

Maldición.

¿Por qué ella no podía tener un defecto o dos o tres?

¿Dientes de conejo?

¿Un lunar peludo en la nariz?

¿Ojos bizcos? *¿Colmillos?*

—Te he echado de menos—. Ella pasó sus dedos

envueltos en guantes blancos por el pecho de Jules, y parpadeó tímidamente hacia él por debajo de sus pestañas absurdamente gruesas.

Descarada como una gata de callejón moviendo la cola para buscar pareja.

—He estado comprometido con otra cosa—. La mirada acerada con la que empaló a los tíos les hizo arrastrar los pies y examinar embelesados el follaje.

Cobardes.

Consciente de que la mujer, elegantemente peinada, perfumada y hostil, estaba a escasos centímetros de ella, tomándole la medida, Jemmah arqueó una ceja almidonada. Ella estaba recién comprometida con el duque de Dandridge, y a pesar de todas las posturas e intentos de intimidación de la señorita Milbourne, la mujer era, francamente, y lo más gratificante... la perdedora.

Su mirada condescendiente se dirigió a Jemmah, y las pupilas de la señorita Milbourne se contrajeron hasta convertirse en puntitos, mientras hacía girar su sombrilla con total despreocupación.

—Ya veo —dijo ella. —Había oído rumores de que

te dedicabas a actuar de forma bonita y a acompañar a la desaliñada protegida de tu madrina por la ciudad. Debo decir que nunca te tomé, de entre todos los hombres, por un niñero, Dandridge. Muy decente de tu parte, incomodarte para complacer las peticiones irrazonables de Lady Lockhart.

La risita de Adelinda le valió una mirada exasperada de Perkins.

—Sí, tiene razón, señorita Milbourne. Ningún hombre ha dirigido voluntariamente su atención a mi desaliñada hermana.

Ante el insulto mordaz de su hermana, Jemmah se puso rígida y apretó la mandíbula contra el juramento esforzándose por escapar de la estrecha barrera de sus labios.

Una duquesa no les dice a las damas que se vayan al diablo.

La señorita Milbourne y Adelinda intercambiaron una mirada de regodeo.

Ya era suficiente con esas dos zorras intentando sacarle sangre con sus celos. —Las dos pueden...

—Tengan la seguridad, damas, de que nunca se me

obliga a hacer nada que no quiera—. En un gesto íntimo y reconfortante, Jules puso su otra mano sobre la de Jemmah. —Y están muy equivocadas si suponen que hay alguna mujer en la tierra con la que preferiría pasar el tiempo que con mi prometida.

CAPÍTULO 9

—¿**P**rometida? —espetaron las señoritas Milbourne y Dament al unísono, horrorizadas.

Cada una parecía haber tragado arañas retorciéndose enteras.

Jules reprimió su risa, pero no pudo contener el lento y satisfecho movimiento hacia arriba de su boca.

Él inclinó su cuello y murmuró al oído de Jemmah.

—Te pido perdón por anunciarlo así.

Los tíos también se quedaron boquiabiertos y aturdidos.

Sus expresiones no tenían precio.

Jemmah hizo una mueca y levantó un hombro, susurrando: —Disfruté bastante de los resultados.

Jules se echó a reír entonces, una explosión de

júbilo desde su centro, que atrajo la atención de dos muchachos que perseguían a un perrito con una pelota en la boca.

Dios, a él le encantaba su perspectiva única de las cosas.

Pero hasta aquí había llegado la romántica propuesta que había pretendido hacer en el cenador arqueado frente a aquel estanque. En el bolsillo de su abrigo había un diamante azul de corte esmeralda, un tono más oscuro que los ojos de Jemmah, en su caja de terciopelo color marfil.

Él había organizado un almuerzo al aire libre con champán en el pintoresco refugio. Maldita sea, incluso había contratado músicos para que tocaran en el fondo y a un barquero para que se asegurara de que los numerosos cisnes del estanque pasaran oportunamente.

Su preciosa Jem se merecía un trato exquisito.

—No puedes casarte con el duque, Jemmah—. La mayor de las señoritas Dament señaló con un dedo tembloroso a su hermana, su voz vacilaba tanto como el dedo tambaleante extendido hacia su hermana. —Debes tener el consentimiento de mamá. Y ella nunca lo dará. Nunca.

—Entonces esperaré hasta que sea mayor de edad. O nos fugaremos—. La respuesta de Jemmah, tranquila y segura, hizo que su hermana se enfureciera.

Con el rostro fruncido y un espectacular tono púrpura, la señorita Adelinda apretó las manos y gruñó. En realidad, gruñó, antes de darles la espalda y cruzar el césped a pisotones.

Perkins la siguió, pero no antes de atreverse a una última apreciación lasciva de Jemmah.

Él había embaucado a Adelinda, la imprudente.

El club del que era dueño Perkins no era más que un infierno de juego y un prostíbulo de baja categoría. Si la chica se había juntado con alguien como él, estaba completamente arruinada. Si no tenía cuidado, se abriría de piernas para los clientes que le pagaban a él.

Jules ni siquiera podía comprar su respetabilidad ahora, lo que sólo hacía más fuertes sus argumentos para ganar a Jemmah. La señora Dament no podía contar con que su hija mayor consiguiera un partido adecuado y dirigiera fondos hacia su madre.

Sin embargo, él podía pagarles una suma considerable para que se retiraran al campo.

De forma permanente.

Si aceptaban no volver a molestar a Jemmah jamás.

Sí, eso era lo que él haría. Tan pronto como volviera a casa. La señora Dament no tendría más remedio que aceptar ahora.

—¿Fugarse? Es absurdo —dijo el tío Darius, encontrando por fin su lengua, mientras el tío Leopold movía la cabeza arriba y abajo como una marioneta en una cuerda.

—Totalmente absurdo. ¿Qué diría la gente? —dijo por fin Leopold.

—Entonces les sugiero que nos apoyen a la señorita Dament y a mí, tíos. Y convenzan a mi madre de que haga lo mismo. Porque *no* tendré a nadie más, y todos los intentos de disuadirme serán respondidos con un rápido procedimiento. ¿He sido claro?

Ellos asintieron, aunque a regañadientes. Y luego, murmurando algo acerca de la necesidad de contar cigarros o algo parecido, se marcharon, con sus cabezas leonadas inclinadas. Cada pocos pasos, lanzaban una mirada desconcertada y descontenta a Jules.

A él le importaba un comino si lo aprobaban o no.

Sonrió al rostro de Jemmah, que se encontraba en un estado de asombrosa compostura. La habían agredido tres veces en diez minutos y ahí estaba ella, la personificación de la gracia y el aplomo, radiante de amor por él... *por él.*

Su corazón había elegido bien.

Inmóvil como una estatua, con el semblante tan pálido como el encaje festoneado que bordeaba su elegante vestido, la señorita Milbourne miró a su alrededor.

Parpadeando lentamente, como si alguien la hubiera golpeado en la cabeza con su sombrilla de volantes, murmuró: —Disculpen. Veo a un conocido con el que debo hablar.

Con la cabeza en alto, giró y se deslizó hacia el estanque, donde nada más que unos cuantos patos dormían la siesta al sol.

Con que ahora charlaba con los patos ¿no es así?

—Ho, ¿qué tenemos aquí? —Sutcliffe los saludó alegremente desde el otro lado del campo y se dirigió a ellos acompañado por Pennington. Con el ceño fruncido, se volvió y observó el trayecto de la señorita Milbourne.

Jules sacudió la cabeza y puso los ojos en blanco hacia la vegetación que había en lo alto.

—Dios mío. ¿Alguien extendió invitaciones sin que yo lo supiera?

—¿Invitaciones? ¿Hay alguna ocasión especial que desconozco? —La atención de Sutcliffe se desvió hacia los tíos que se marchaban, la señorita Milbourne y, por último, a Jules. Su sonrisa amenazó con partir su cara en dos al saludar a Jemmah.

—Señorita Dament—. Se inclinó en una exagerada reverencia de cortesano. —¿Puedo decir lo encantado que estoy de verla tomar un poco de aire con Dandridge?

—Como yo—. Pennington se llevó una mano a la cintura y se inclinó también.

Jemmah inclinó la cabeza y, con los ojos brillantes, les ofreció una sonrisa luminosa. —Gracias, sus señorías. Su euforia es... algo refrescante.

—*¿Hay* alguna razón especial por la que ustedes estén visitando los jardines de placer hoy? —Con una mano en la cadera, Sutcliffe, tan sutil como un sapo nuboso en un pastel, intentó una expresión indiferente.

—Tenía la intención de proponerle matrimonio, si es que deben saberlo, ustedes dos gatos entrometidos. Pero ellos —Jules señaló con el pulgar en dirección a las figuras de sus tíos y de la señorita Milbourne que se marchaban —arruinaron la ocasión.

—¡Por Dios, esa es la mejor noticia que he escuchado en años! —Pennington apretó la mano de Jules mientras Sutcliffe se inclinaba sobre la de Jemmah. —No que ellos hayan arruinado la ocasión, sino que por fin te has declarado.

—Le deseo la mayor felicidad, señorita Dament —dijo Sutcliffe. —Ahora, nos despediremos y dejaremos que nuestro amigo se ocupe de este asunto tan importante.

Frotando su pulgar por el dorso de la mano de Jemmah, Jules permaneció en silencio mientras el par se alejaba. Todo lo que había planeado para hacer que el día fuera romántico y memorable se había desvanecido.

—¿Jules?

Se encontró con los ojos ligeramente desconcertados de Jemmah. —¿Sí, querida?

—¿Por qué todo el mundo mira en nuestra dirección?

Jules levantó la cabeza y echó un vistazo casual a su alrededor.

Ella tenía razón, aunque varias personas se apresuraron a apartar la mirada, encontrando el cielo o el suelo profundamente fascinante.

Maldita sea, la noticia de sus intenciones había viajado más rápido que el viento en las velas, gracias a la amargada hermana de Jemmah.

Hmm, tal vez no sea algo malo en absoluto. Con unas cuantas docenas de testigos...

Él sacó la caja del anillo de su bolsillo.

—¿Jules? —Esta vez la voz de Jemmah se volvió suave y melosa, al igual que sus ojos. —¿Aquí?

—Efectivamente.

Levantando la tapa, él se arrodilló.

Su ayudante de cámara lo regañaría con fuerza por mancharse los pantalones de hierba. Pero esto era lo correcto en su simpleza, sin pretensiones.

Al igual que su preciosa Jemmah.

Con el sol brillando sobre ellos, las abejas ocupadas recogiendo néctar, una o dos ranas croando en el matorral de los estanques, mientras varios pájaros se llamaban entre sí, él le pediría que fuera su duquesa.

—Jemmah, eres la joya que llevo en mi corazón desde que era un chiquillo de diez años. Nadie más me hace sonreír como tú. Consumes mis pensamientos, y no puedo imaginar ninguna alegría mayor que pasar el resto de mi vida contigo—. Él le sonrió a sus ojos brillantes. —¿Quieres casarte conmigo?

Jemmah se puso en cuclillas y extendió su mano izquierda.

Déjenle a ella hacer algo totalmente inesperado.

—Lo haré, Jules. Te he amado durante tanto tiempo que no recuerdo qué era la vida antes de hacerlo—. Ella soltó una pequeña risa cohibida, mientras él deslizaba el anillo en su dedo.

—Cuando era una niña, me imaginaba como una

princesa, con una tiara de zafiros y diamantes, y encerrada en una torre. Y tú eras el apuesto príncipe que me rescataba. En un corcel blanco, por supuesto, y me llevaba a su castillo para vivir felices para siempre.

—Bueno, el ducado tiene un castillo, y creo que también varias tiaras. Yo también poseo un caballo blanco o dos —dijo ayudándola a levantarse. —Y me esforzaré cada día por hacerte feliz.

—No necesito nada más que estar contigo para serlo delirantemente.

Entonces, al estilo típico de Jemmah, ella se puso de puntillas y lo besó.

En la boca.

En público.

Y fue perfecto.

Castillo de Chalchester, Essex, Inglaterra

Julio, 1810

—Querido, Teodora se rio otra vez.

Con una sonrisa de emoción, Jemmah, con su hija de tres meses en brazos, se abrió paso con cautela entre las piedras lisas hasta la orilla del lago Chalchester. Los rayos del sol de la tarde se reflejaban en el agua como si un millar de diamantes brillantes se hubieran lanzado sobre su superficie.

Había creído que no podía ser más feliz que cuando se casó con Jules hacía poco más de un año; después de que mamá aceptara finalmente el matrimonio, porque Adelinda se encontró escandalosamente embarazada.

Pero Jemmah se había equivocado.

Cada día como esposa de Jules le traía una nueva medida de alegría y satisfacción que sólo había soñado.

Oh, hubo preocupaciones al principio, pero no entre ella y Jules.

Él había cumplido su palabra y había instalado a mamá y a Adelinda en una encantadora casa de campo en Sussex, con una generosa asignación mensual. Pero después de que Adelinda perdiera a su bebé y huyera con un artista ambulante, mamá había caído gravemente enferma y murió poco después.

El rencor y la amargura que había albergado durante tanto tiempo, combinados con un corazón roto la mataron, dijo el médico.

En su lecho de muerte, mamá había suplicado el perdón de Jemmah, y ella se lo había concedido. Se negó a albergar la maldad, pues con el tiempo, ésta corrompería su alma como lo había hecho con la de mamá y Adelinda.

Jemmah no tenía ni idea de dónde estaba su hermana ahora, pero esperaba que hubiera encontrado aunque fuera un poco de la paz y la alegría que tenía Jemmah.

Los lazos de color lavanda de su sombrero se agitaban con la débil brisa y la grava crujía bajo sus medias botas, y se dirigió hacia su esposo.

Jules, de pie, metido hasta las rodillas en la corriente que fluía suavemente y sosteniendo un hilo de pescar, miró detrás de él.

Teodora balbuceó y agitó sus pequeños puños.

—Es un amor feliz. Como su madre.

—Como su padre también, aunque haces lo posible por convencer a la gente de lo contrario.

—Bueno, ¿de qué otra manera puedo mantener mi adusta reputación?

Él se rio mientras salía del río y, tras dejar su caña junto a la manta tendida en la orilla, extendió los brazos.

Jemmah colocó a Teodora en su robusto y seguro abrazo.

La niña no tardó en sonreír a su padre, con sus ojos almendrados del mismo color topacio que los de él, y le agarró el dedo índice con su diminuta mano.

Bostezó y parpadeó con sueño.

Jules acomodó a la niña y pasó el otro brazo por

los hombros de Jemmah. —Somos felices, ¿verdad?

Completamente.

Con la cabeza apoyada en su musculoso hombro, Jemmah asintió. —Me alegro mucho de que hayamos decidido vivir aquí después de casarnos, en lugar de en Londres. Nunca me había dado cuenta de lo poco que me gusta el bullicio. Me gusta ir de visita de vez en cuando, sobre todo porque la tía Theo no se atreve a ir al campo, pero, sinceramente, no quiero volver a vivir en la ciudad.

—¿De verdad me amaste todo el tiempo que estuvimos separados? —Jules la miró con tanta adoración que su corazón tartamudeó un poco. —¿Cuándo nunca me hablabas ni siquiera me veías?

Jemmah le pinchó la costilla. —Te lo he dicho docenas de veces. Creo que se te infla la cabeza al creer eso.

—También abulta otras cosas—. Miró significativamente el bulto de sus pantalones.

—Bueno, esposo, creo que podría tener la cura para lo que te aflige—. Jemmah le quitó a su hija dormida y, una vez que metió a Teodora en su cesta bajo un árbol, le tendió la mano. Dormida a la sombra, su hija estaría a salvo. Además, estaban a pocos pasos.

—Hay una pequeña y encantadora arboleda allí.

—Duquesa, ¿pretendes salirte con la tuya a plena luz del día?

El brillo seductor de los ojos de Jules y el tirón de su deliciosa boca le indicaron que la idea le gustaba a él tanto como a ella.

Siguiendo un rastro de animal a través de la hierba, le hizo una invitación por encima del hombro mientras comenzaba a desvestirse.

—Así es, Su Excelencia.

FIN

COLLETTE CAMERON, autora premiada y bestselling del USA Today, escribe novelas históricas escocesas y de la época de la Regencia en las que aparecen pícaros y sinvergüenzas y las intrépidas damiselas que los reforman. Dotada de una musa hiperactiva e ingeniosa que no deja de susurrarle al oído nuevas aventuras románticas, ha vivido en Oregón toda su vida, aunque parte del tiempo sueña con vivir en Escocia. Adicta confesa a los chocolates Cadbury, siempre encontrarás una pizca de inspiración y una pizca de humor en sus romances atemporales, dulces y picantes.

Pueden unirse a su lista de lectores The Regency Rose® VIP Reader Club para estar al día con los lanzamientos de libros, las portadas, los concursos y los regalos que reserva exclusivamente para los seguidores del correo electrónico y del boletín. Además, cualquier oferta, venta o promoción especial se ofrece primero a los miembros del club. No compartirá tu nombre ni tu correo electrónico, ni te enviará spam.

DEL ESCRITORIO DE
COLLETTE CAMERON

Querido lector,

Nunca me propuse ser una autora de romances.

Es cierto. Soy, como tú, ante todo una lectora apasionada de novelas románticas. Eso es lo que me llevó a este viaje. ¡Y qué viaje ha sido! *Un diamante para un duque* es mi decimoséptimo libro, y el primero de una nueva serie de Canallas Seductores.

Me divertí tanto escribiendo la historia, que decidí crear una nueva serie protagonizada por gallardos bribones y pícaros.

Confieso que estoy un poco obsesionada con la escritura. Bueno, más que un poco. Tengo tantas historias esperando a que las plasme en la página. Y lo que hace que valga la pena, ¡eres tú! Sí, escribo porque me encanta escribir, pero escribo romances porque quiero influir en las vidas, aunque sólo sea por unos momentos mágicos.

¡Estoy encantada de que hayas elegido leer *Un*

diamante para un duque, y de que hayas visto a Jules y Jemmah tener su felices para siempre!

Por favor, considera comentar con otros lectores por qué disfrutaste de este libro dejando una crítica. Me encanta escuchar a mis lectores.

Así que, con esto, me despido.

Les deseo muchas horas de lectura, más "felices para siempre" de las que puedan disfrutar en toda su vida, y abundantes bendiciones para ustedes y sus seres queridos.

Collette Cameron